BoD

Ich malte innere Bilder, nahm erneut Licht auf, sammelte Jahreszeiten, verweilte, betrachtete sie…

Über den Autor: Lothar Schenk wurde 1954 in Borken, im Münsterland geboren. Der Autor lebt heute in Südthüringen.

Lothar Schenk

Der Stein in der Mauer

Roman

Books on Demand

1

Der kleine Ort lag nicht mehr direkt an der Küste, schon im Gebirge, irgendwo im Süden, in Süditalien.

Ich malte innere Bilder, nahm erneut Licht auf, sammelte Jahreszeiten, verweilte, betrachtete sie…

„Spürte die Frau die eisige Wand des alten Hauses?"

Davor stand der erstarrte Rosenstrauch.

Sie froren und ich dachte, „vielleicht fühlte er sich gerade wie jener große Bruchstein…der herausstand…und den erstarrten Strauch fast berührte…".

„Hattet Ihr gehofft, hier eine Handvoll erwärmten Boden in Euren frierenden Händen halten zu dürfen?"

Ungleiche Steinbrocken lagen an den staubigen Hängen…zwischen dörren…erstarrten Sträuchern… bewegten sich nicht.

Die schwarz gekleidete Frau verdunkelte den trüben Blick des Mannes…der vor der Bar am Dorfplatz gedankenversunken rauchte…

„Was suchten Sie hier?"

Während ich Sie beobachtete, ging die Frau weiter in Richtung des kleinen Platzes vor der Kirche…

Lange betrachtete ich die verfärbten Blätter, diesen dunstig-blauen Spätherbsthimmel mit seinen schemenhaften Bergsilhouetten.

Ich atmete die warme Nachmittagsluft.

Mein Viewmaster drückte ein Dia nach dem anderen vor meinen inneren Augen vorbei…fast den ganzen Süden…fast.

Der Wein schmeckte, das Essen und die Wohnplätze…na ja...die Frauen wurden immer älter…besser: sie fehlten inzwischen gänzlich und irgendwie erinnerte ich mich erstaunlich selten an sie.

Erste Nachtfröste trieben meine Gedanken Richtung Mittelmeer und mit der vielleicht baldigen Rückreise kündigte sich auch ein nahender früher Winter an.

Ich war auf der Rückreise von mir zu mir…der Rückreise…

„Hatte ich früher nicht schon oft in irgendeine Richtung geblickt…in das nächste Tal vor einem Ort…auf einen griechischen Marktplatz vor irgendeiner Taverne…auf die nächtlichen Berge…in den Himmel von einer Terrasse…in das verschlossene Haus durch ein geöffnetes Fenster…auf das glitzernde Meer…während es regnete, schon etwas heller wurde…und diese Einsamkeit gespürt, diese unendliche Einsamkeit…?"

„War es die Hybris einer fast vollständig verbogenen Lebensachse oder eine wahrnehmungsarm gewordene Lebenslosigkeit?"

Die Verwandlungen hatten längst stattgefunden.

Meist unbemerkt und mitten heraus aus der vermeintlichen Schönheit kroch bereits jener Wahnsinn, der uns irgendwann später mit zielstrebiger Genauigkeit befiel...barriquierte Gedanken...trinkreif...in zu engen Fässern gereift...das Echo eines Lachens, eines Lebens, eines Weinens...das Leuchten an einem Kreuzweg und die Zypressen...Wege...

Mein halbvoller Espresso war kalt geworden und schmeckte bitter.

Ich drückte die Gaulois aus. „Rauchen fügt Ihnen und den Menschen in Ihrer Umgebung erheblichen Schaden zu" – „Blondes" – und auf der Rückseite der Schachtel stand: „Rauchen lässt Ihre Haut altern".

„Beast of Burden", dieses Lied aus meiner inneren Musikbox spielte schon seit Stunden in meinem Kopf.

An unserem runden Blechtisch saß Paul.

Ich hatte meinen Tisch gewechselt und mich zu ihm gesetzt.

Er saß, wie ich, schon länger alleine.

Er hatte etwas betont Irres in seinem Blick und trank seinen vierten Kaffeecoretto, rauchte dabei hektisch.

„Ein Visionär?"

„Ein Looser?"

„Wohl eher ein Künstler oder ein überreifer Althippie mit chronifizierter Psychokrise…".

„Hallo, setz Dich, ich bin der Paul", sagte er zu mir, nachdem ich höflich gefragt hatte, ob ich mich dazusetzen dürfte.

Paul erklärte mir, dass dies hier eine „echt abgefahrene Gegend" sei und er gerade bei einem Bergamotte-Bauern mit Agriturismo lebte und gelegentlich mitarbeitete.

„Ich habe in der nächsten Kleinstadt ein Zimmer mit Frühstück, na ja, was man hier halt so Frühstück nennt", entgegnete ich ihm.

„Neulich haben wir einen Raucherverein – eine geschlossene Gesellschaft – für eine meiner Stammkneipen in Deutschland gegründet", meinte ich zu Paul.

„Es ist geschlossener, enger geworden…", entgegnete er mir, während er noch hektischer an seiner Selbstgedrehten zog. Seine Hände zitterten ein wenig.

„Ich wurde 1954 in einer Kleinstadt im westfälischen Münsterland geboren", sagte Paul plötzlich, ohne dabei in meine Richtung zu schauen.

„Meine Eltern waren Heimatvertriebene, oder wie man sie hier verächtlich nannte: Flüchtlinge. Die wichtigsten Leute im Ort waren damals Fabrikanten, Bauern, Ärzte, Pfarrer, Rechtsanwälte, Kaufleute und Lehrer, eben Einheimische. Beamte und Hausbesitzer waren auch sehr wichtig. Maurer und

Hilfsarbeiter tranken oft sehr viel, aber auch Zahnärzte und Tierärzte, daher waren natürlich auch Wirte sehr wichtig. Eher für unwichtig hielt man Straßenfeger und deren Kinder, Haidenkinder von evangelischen – und sonst irgendwie Andersgläubigen – Eltern und natürlich Flüchtlinge und deren Flüchtlingskinder. Wer mit Flüchtlingskindern spielte war entweder Haidenkind, Flüchtlingskind oder sonst irgendwie asozialer Herkunft."

Während Paul seinen Espresso mit einem Schluck leerte und laut nach der jungen Bedienung rief, um einen Grappa zu ordern, in meine Richtung raunend: „Willst Du auch einen, wie heisst Du eigentlich"…"Sven", antwortete ich, „ja ich möchte auch so einen Grappa und noch einen doppelten Espresso", näherte sich unserem Tisch ein erstaunlicher Mann.

Wie sich herausstellte war es Bernd, ein alter Freund Pauls.

Bernd trug hellbraune Lederhotpants, schwarze Netzstrümpfe und dazu hochhackige Cowboystiefel. Die blond gefärbten Haare erinnerten mich sofort an Billy Idol…"White Wedding"…

Bernd erzählte, er lebe fast das ganze Jahr in dieser Gegend und kannte auch den Bauern, bei dem Paul wohnte.

„Unser Pastor gab allerdings nie auf", fuhr Paul fort, während sich Bernd zu uns an den kleinen Blechtisch setzte, „deshalb mussten wir natürlich

8

nach jeder Beichte immer besonders viele Bußgebete, „Gegrüßet seist Du…", beten" und Bernd ergänzte sogleich: „Hallöchen Paulimausi, wir waren doch damals Messdiener. Weist Du noch, wie wir dem Pastor den Ouzo in die Messweinflasche gefüllt haben."

„In unserer Wohngegend waren einfache Wohnverhältnisse und Kinderreichtum alltäglich, es wurde viel gesoffen", erzählte Paul weiter, während Bernd sich einen „doppelten Campari" bestellte.

„Wir wohnten jahrelang alle gemeinsam in einer winzigen Wohnung in den „Blocks"…meine Eltern, meine Großmutter und ich, bis meine Oma in den „Blocks" in eine eigene kleine Wohnung zog. Die vor den schmutzig-roten Backsteinwohnblocks verlaufende Sandstrasse, noch mit alten Gaslaternen nachts spärlich beleuchtet, die allabendlich von einem Gemeindearbeiter mit einer langen Holzstange entzündet werden mussten, war nach einem bekannten deutschen Romantiker benannt und hatte einen schrillen Charme, fast spukhaft…"

„Wer in den „Blocks" wohnte, überwiegend Vertriebene, hatte es nicht geschafft. Sie waren schon vor ihrer Vertreibung arm oder konnten ihre Vermögensverhältnisse aus der Zeit vor ihrer Vertreibung den Behörden, die für den „Lastenausgleich", eine Entschädigungszahlung für verlorenes Vermögen durch die Vertreibung, zuständig waren, nicht glaubhaft machen, weil ihre ganzen Bekannten und Verwandten, die ihren

Immobilien-, Grund- oder sonstigen Besitz hätten bestätigen können, während der Vertreibung umgebracht oder umgekommen waren. Die „Blocks" gehörten der Gemeinde..."Sozialer Wohnungsbau"..."Bauverein"... In der Hierarchie des Wohnens in unserer Gemeinde gab es unterhalb der „Blocks"...vor der Obdachlosigkeit...nur noch die „Baracke", ein langes primitives Mehrfamilienwohngebäude aus Holz...eine baufällige Notunterkunft, die ebenfalls der Gemeinde gehörte. Wer in den „Blocks" wohnte hatte Arbeit oder war Rentner, lebte in sehr einfachen, aber geordneten Verhältnissen. Einige noch in den „Blocks" aufgewachsene Kinder schafften es später sogar zu bescheidenem Wohlstand, bauten eigene Häuser oder kauften Eigentumswohnungen. In der „Baracke" lebten ausschließlich Sozialhilfeempfänger, alleine oder mit ihren Familien, meist schwere Alkoholiker, mit allen daraus resultierenden Problemen. Auch sie waren überwiegend Heimatvertriebene, aber das Ende ihrer unfreiwilligen Reise war dieser letzte Lebensalptraum...die „Baracke"... Von dort gab es meist kein Entrinnen mehr. Auch die in der „Baracke" aufgewachsenen Kinder führten später fast immer ein ähnliches Leben wie ihre kranken verwahrlosten Eltern."

„Hinter den „Blocks" hatten ihre Bewohner, im Gegensatz zur „Baracke", langgezogene schmale Gärten mit kleinen Holzschuppen darauf. Alle

Wohnungen in den „Blocks" und in der „Baracke" konnten nur mit Einzelöfen beheizt werden. Damals war das noch nicht Nostalgie oder nachhaltig…damals war das einfach nur Armut."

Bernd schien etwas sagen zu wollen, warf Paul einen fast unheimlichen Blick zu und prostete dann nachdenklich in meine Richtung, während Paul verlegen irgendwohin Richtung Dorfplatz schaute und seine Erinnerungen nicht weiter fortsetzte.

Wir schwiegen einige Sekunden als hätten wir ein unaussprechliches gemeinsames Geheimnis entdeckt…

„Diese Frau kommt mir bekannt vor", brach Paul unser Schweigen.

„Der Typ da scheint wohl irgendwas mit ihr zu tun zu haben, vielleicht Ihr Mann oder Freund."

Bernd trank schnell leer, legte Geld für seinen Campari auf den Blechtisch, stand auf und verabschiedete sich knapp.

Sein Gang wirkte steif und harmonierte wenig mit seinem Outfit.

Bernd verschwand hinter der alten Dorfkirche.

Auch die seltsame Frau war jetzt weg.

„Wohin?"

Ihr Begleiter stand alleine auf dem Platz vor der Kirche, den Rücken zu uns gedreht.

Er stand regungslos mit seiner Winterjacke in der spätherbstlichen südlichen Nachmittagsonne…

2

Paul drehte sich zittrig eine Zigarette, die dann erst nach mehreren vergeblichen Versuchen mit seinem Feuerzeug glimmte.

Der Geruch kam mir bekannt vor…

Da war er wieder…dieser Blick.

Ich fragte mich, was Paul jetzt gerade dachte.

„Welches Geheimnis verbarg sich dahinter?"

Ich lächelte Paul an und er lächelte, irgendwie verlegen, zurück.

Dann erzählte mir Paul, er sei Frührentner.

„Ich war in den letzten 10 Jahren alle 2 Jahre für mehrere Monate in irgendeiner Psychoklinik…Zustand nach Mobbing, schwere Depressionen, Burn-out-Syndrom, und, und, und…Wahnsinn ohne Ende, mit jedem neuen Aufenthalt gab es auch wieder eine neue Diagnose…".

„Ich bin Soziologe und war Dozent. Ich hatte viel mit jungen Leuten zu tun. Politische Bildung."

„Die Arbeit machte Spaß, aber das Betriebsklima…Ich musste einfach weg…zuerst in die Kliniken, dann in die Rente."

„Und danach?"

„…Ab in den Süden!"…

„In der letzten Klinik war ich nach einem Selbstmordversuch."

„Die Klinik lag in einer riesigen Parkanlage und bestand im Wesentlichen aus lauter denkmalgeschützten Backsteinhäusern."

„Neben einer unheimlichen neugotischen Kirche, die auch zum Gelände gehörte, war am Waldrand ein noch unheimlicherer Friedhof."

„Dort waren auch ehemalige Patienten der geschlossenen Gerichtspsychiatrie, der Forensik, ein besonders stark eingezäuntes und schwer bewachtes großes Gebäude, beerdigt."

„Sie hatten seltsame Holzkreuze, einige waren stark verwittert, einige umgefallen, mit auffälligen kleinen Dächern."

„Ein angsteinflößender Ort, besonders in der Abenddämmerung…".

„Der Friedhof zog mich irgendwie an…ich ging immer wieder dorthin…".

„Ich schreibe schon länger. Damals fiel mir dieses Gedicht ein:

Die schwarzen Vögel

Sie ziehen zum Meer

Ihre traurigen Augen

Glänzen dunkel

Zu mir her

Die Träume

Das Lächeln

Sie sterben im Wind

Ich vermisse die Lieder

Die nicht zu hören sind

Ich hasse die Liebe
Den Herbst
Den Baum
Die farbigen Blätter
Noch sommerlich kaum

Die Steine sind eisig
Im Wald
Raunen Buchen
Als wollten Sie alles
was warm ist verfluchen."

Eine struppige Katze hatte sich auf die Sitzbank meines Motorrades gelegt.

Auf dem Dorfplatz bellten Hunde…und der Mann mit der Winterjacke hatte sich gerade umgedreht und lief jetzt langsam auf unseren Tisch zu.

Paul hatte einen nachdenklich-verklärten Gesichtsausdruck.

Er bedankte sich, dass mir sein Gedicht gefiel und rief der Bedienung zu, sie solle uns zwei große Gläser mit ihrem roten Hauswein bringen.

„Der ist aus dem Holzfass".

„Mein Motorrad kennt den Weg", antwortete ich Ihm.

Dann meinte Paul, es gehöre unbedingt noch ein weiteres…Gedicht…aus dieser Zeit zu diesem vorherigen Gedicht.

Ich nickte interessiert, während die Kellnerin unseren Rotwein auf den Tisch stellte.

„Gedankenautomaten
Erstarrte Satzfragmente
In Seelensitzungen
Verträumt
Strangulierte
Freiheitsmelodien
Unter Dächern mit Namen
Grabkreuze
Bilder
Erdrückt
Sehnsüchtig berührt
Vertieft und verdunkelt
Unter dem erstickten Lichtstrahl
Begraben."

Die junge Kellnerin lächelte mich an und deutete Richtung Katze auf meinem Motorrad.

Ich fragte sie, ob sie mal mitfahren möchte.

Sie nickte, verschmitzt lächelnd und ging in die Bar zurück.

Später erfuhr ich, dass sie auch ein Motorrad fuhr, eine alte Motoguzzi.

Er hatte unseren Tisch erreicht…

Er hängte seine Jacke über den Stuhl, auf dem Bernd vorher saß und setzte sich wortlos zu uns…schwieg.

„Der Mann mit der Winterjacke", schoss es mir augenblicklich durch den Kopf und mein Blick richtete sich, unwillkürlich, sofort auf ihn.

„Kennst Du dieses Gefühl? Du sitzt auf dem Marktplatz eines kleinen griechischen Dorfes… unter einer riesigen Platane…um die Mittagszeit…im Schatten…vor einer Taverne und nippst an Deinem lauwarmen Metrio, rauchst dazu eine Papastratos."

„Du sitzt auf diesem alten, „Deinem", Lieblingsholzstuhl. Seine geflochtene Sitzfläche hat ihre durchschnittliche Lebensdauer weit überlebt. Der Stuhl wackelt bei jeder Bewegung, als zittere er in sich vor Angst, jeden Moment endgültig zusammenbrechen zu müssen…".

"Du schaust auf dieses blaue, leicht glitzernde Mittelmeer, während Dir Janni, der Wirt, einen Ziporo in einem kleinen Glaskolben, ein Glas Wasser und zum Ziporo noch ein kleines Tellerchen mit kalten Leckereien, ein Meze, hinstellt."

„Evcharisto poli, filo mu".

„Parakallo".

„Ein Engländer hat ein Fünfundzwanzig-Drachmenstück in die alte Musikbox geworfen und nach leichtem Klopfen an die rechte Seite der Box läuft jetzt „Waiting for a friend…".

Paul hielt überrascht inne.

Bernd war wieder da, hatte sich einen Stuhl vom Nachbartisch geholt und setzte sich zu uns.

Bernd hatte sein Outfit komplett verändert. Er trug oft benutzte Bergschuhe, und sah von der Kleidung fast wie ein Ranger oder Reiseführer aus, der mit Interessierten durch einen Nationalpark wandert. Nur der Rucksack fehlte.

„Hallo Frank!" sagte Bernd hintergründig lächelnd zu unserem wortlos sitzenden „Mann mit der Winterjacke".

„Du siehst aus wie ein Tavernenbräuner..nie Sonne, nur Kneipe, tagsüber schlafen und abends Party…".

Frank hustete nur und schwieg weiter…

„Lass uns hier abhauen, ich habe den Jeep dabei", meinte Bernd zu Paul und Frank.

„Willst Du mit dem Mopped hinterherfahren oder lässt Du es hier stehen?"

„Ist der Weg Bol `d´ Or tauglich" fragte ich Bernd, der zustimmend nickte.

„Dann zahlen und ab ins Gebirge!", rief Bernd.

„Jackomo?"

„Klar, Paul!"

„Mit Übernachtung?"

„Mit viel gutem Essen, sehr viel gutem Vino und … Übernachtung!"

Der leichenblasse Frank zog seine Winterjacke wieder an und stand auf.

Sie gingen alle Richtung Kirche und seitlich an dem alten Friedhof vorbei, zu Bernds Jeep.

Ich ließ die Bol´dOr an, setzte meinen Halbschalenhelm auf und drehte noch eine kleine Runde um den Marktplatz, in der Hoffnung, die junge Bedienung sieht mich.

Sie stand im Eingang der Bar und winkte mir lächelnd zu.

„Gut!"

3

Ich folgte dem Jeep auf einer sehr schmalen, kurvigen, schlecht asphaltierten Strasse mit großen Schlaglöchern hinauf ins Gebirge.

Es dämmerte schon, wurde langsam dunkel.

Wir fuhren durch scheinbar verlassene, halb verfallene Bergdörfer.

Frank saß hinten allein im Jeep und hatte sich einen schwarzen Hut aufgesetzt.

Mehrmals drehte er sich zu mir um, während mich stets ein eisiger Schauer überkam.

Einmal machte ich, vor Schreck, fast eine Vollbremsung…

„Wer war dieser Leichenfrank mit der Winterjacke…?"

„Ein waidwund gedachter Trauerpalast?"

„Eine Seelenpirouette…tanzlos erstarrt?"

„In graues Licht gehüllte Schattenseide…?"

Auf jeden Fall unheimlich!

Nach etwa zweistündiger Fahrt bogen wir in eine noch schmalere Seitenstrasse ab.

Es ging kurvig-steil hinauf…durch ein winziges Bergdorf.

Der Kirchturm schimmerte im Mondlicht und ein alter Mann stand seitlich regungslos unter einem Baum.

Sonst war in diesem Dorf niemand zu sehen, auch kein Licht hinter den Fenstern der alten Häuser.

„Waren alle Bewohner abgewandert...bereits gestorben...?"

Auch der alte Mann wirkte, im Vorbeifahren, auf mich nicht wirklich lebendig...und ich dachte dabei: „Der könnte Franks Vater sein, genau der...!"

Wir bogen am Ortsende in einen Feldweg ein und erreichten, mitten in einem alten Olivenhain, einen Bauernhof, ein Agriturismo.

Welche Erlösung!

Wir hatten unseren Raum betreten, einen beleuchteten Raum mit verschiedenen Autos und Motorrädern unter alten Olivenbäumen und auf einer mit Wein dicht überwachsenen Terrasse, die verfärbten Blätter waren teils schon abgefallen, saßen bunt gekleidete Menschen... Menschen die lachten und redeten und schon von Weiten zu hören waren.

Auf den alten Holztischen standen leere Weinflaschen, in denen brennende Kerzen steckten, die einladend flackerten.

Der Himmel war sternenklar, es war windstill und verglichen mit den teils schon sehr kühlen vergangenen Nächten, noch erstaunlich mild.

Frank sprang mit einem Satz vom Jeep und verlor dabei seinen schwarzen Hut.

Bernd und Paul waren über den sportlichen Sprung höchst überrascht und schauten entgeistert in seine Richtung.

Bernd stellte den Motor ab und stieg aus dem Jeep, als trage er noch seine Lederhotpants und die hochhackigen Cowboystiefel…

Paul blieb noch eine Weile auf dem Beifahrersitz, um seine Zigarette zuende zu drehen. Dann ging er, hektisch rauchend, zielstrebig zu dem Tisch mit der Frau, an dem Frank und Bernd bereits saßen.

Ich hatte mein Motorrad neben einer schönen alten Motoguzzi abgestellt. California zwei…mit weißem Tank und mit Trittbrettern…Ich zündete mir eine Gaulois an und ging, genüsslich lächelnd, Richtung Terrasse…

Da saß sie, die bella Donna aus der Bar…

Sie kannte scheinbar eine Abkürzung, sonst hätte sie niemals bereits vor uns hier eintreffen können.

Sie bat mich an ihren Tisch und ich war, scheinbar sichtbar, verlegen.

„Julietta…ich heisse Julietta und bin gebürtig aus Guardiagrele. Das liegt am Majela-Massiv. Vielleicht kennst Du Pescara oder die Abruzzen…aus dieser Gegend kommen meine Eltern. Mein Vater hat hier einen Bauernhof von einem Onkel geerbt und bewirtschaftet ihn jetzt. Meine Mutter, meine Schwester Francesca und ich betreiben die Bar."

Meine, mir unbegreifliche, anfängliche Verlegenheit war schnell verflogen.

„Ich heiße Sven und wohne in Duisburg…wenn ich nicht gerade im Süden bin."

Meine spärlichen Italienischkenntnisse reichten sogar für eine angeregte Unterhaltung mit Julietta. Ich fragte sie, ob ihr die schöne Motoguzzi gehöre und sie strahlte mich an: „Si, Swenn..."

Außer uns saß niemand an diesem Tisch.

Sie trank einen Cocktail mit zugesetztem Bergamotte-Fruchtsaft.

Ich bestellte einen roten Hauswein.

"Mezzo Litro?"

„Si!" „...Und ein großes Stück von dem köstlich duftenden Lammbraten." Dazu brachte mir Jackomo, der Bauer und Agriturismo-Wirt, selbstgebackenes Brot, Käse und Ricotta von seinen Schafen und einen riesigen Salatteller mit fast pflaumengroßen, saftigen schwarzen Oliven.

Julietta schaute mir genüsslich lächelnd beim Essen zu und redete fast ununterbrochen...

Ich glaube, ich hatte mich in sie verliebt...

Das Essen schmeckte unübertrefflich gut und nachdem uns Jackomo einen doppelten Espresso gebracht hatte, ging er noch mal ins Haus zurück und kam mit zwei leeren Gläsern und einer unetikettierten Flasche zurück...

"Das iste eine Grappa vun die rote Weinetraube die du trinkste da."

Ich war über Jackomos Deutschkenntnisse überrascht und Jackomo erklärte uns, er habe in Weihenstephan seinen Ingenieur für Weinbau und Getränketechnologie gemacht. Die Landwirtschaft habe er von seinen Eltern gelernt und von diesen auch den Hof übernommen.

Jackomo schüttete uns einen kräftigen Schluck ein.

Die länglichen Gläser waren danach etwa halb voll.

Er ließ die Flasche auf dem Tisch stehen und forderte uns auf, uns sooft wir mögen nachzuschenken…

Bevor er ins Haus zurückging bestellte Julietta noch eine Flasche Rotwein „Speziale!" und ein zweites Glas, dazu noch einen Teller mit Schafskäse und den großen schwarzen Oliven für uns.

Der Grappa schmeckte und wir hatten fast zeitgleich ein leeres Glas vor uns stehen.

In diesem Moment kehrte Jackomo mit der bestellten Flasche Rotwein und dem Teller zu uns zurück.

Noch bevor er den Wein öffnete, goss er uns blitzschnell unsere leeren Grappagläser wieder halbvoll und hatte sich jetzt auch ein kleines Gläschen eingeschenkt.

„Salute!"

"Salute!"

Sie sagte zu mir, sie wollte übers Wochenende hier übernachten und beabsichtigte in dieser Gegend zu wandern.

Ich antwortete ihr, dass ich schon mehrmals in den Abruzzen gewandert war und auch die Region kannte, aus der sie und ihre Familie stammten.

Sie lächelte mich wieder so verschmitzt an und lud mich ein, sie in den nächsten Tagen auf ihren Wandertouren zu begleiten.

Ich bedankte mich und sagte sofort zu.

Mein Blick schien verräterisch gewesen zu sein und ohne dass ich sie gefragt hätte sagte sie plötzlich zu mir…"Nein, ich habe keinen Freund und bin auch nicht verheiratet".

Wir mussten beide schallend lachen und prosteten uns vergnügt zu.

Ich aß noch ein Stück Schafskäse und zwei Oliven, bevor ich wieder einen großen Schluck von diesem ausgezeichneten Rotwein trank.

Julietta verriet mir, dass dieser Wein im Barrique ausgebaut wurde und Jackomo damit in diesem Jahr mehrere Preise gewonnen hatte.

Als Jackomo wieder an unserem Tisch vorbeikam, fragte ich ihn, ob er mir für die nächsten Tage ein Zimmer vermieten könne. Er zögerte kurz und sagte dann: „Zwölfe Euro mit Frühstück, solange Du willste…"

„Darf ich mal bei Dir telefonieren. Ich möchte in meiner Pension anrufen und sagen, dass ich nicht mehr komme."

„Gerne!"

Die ältere Dame hatte von mir die Miete im Voraus verlangt, so dass ich ihr Nichts mehr schuldete. Mein komplettes Reisegepäck hatte ich entweder an oder im Tankrucksack. In der Pension war nichts mehr von mir.

4

Bernd, Paul, Frank und die Frau an ihrem Tisch waren gegangen.

Es schien, von Weiten betrachtet, diejenige Frau gewesen zu sein, mit der Frank vor der Kirche stand…

Die Frau trug Schwarz und strahlte selbst über die Entfernung mehrerer Tische eine gruselige Dunkelheit aus…

Ich dachte noch kurz daran, dass doch alle eigentlich feiern und anschließend hier übernachten wollten.

Scheinbar hatten Sie es sich kurzfristig anders überlegt, denn Jackomo bestätigte mir auf mein Nachfragen, dass keiner von ihnen ein Zimmer gemietet hatte…

Ich grübelte in diesem Moment nicht darüber nach und wendete mich weiterhin Julietta zu.

Der Grappa, das ausgezeichnete Essen und der hervorragende Wein brachten uns nahezu gleichzeitig eine bleierne Müdigkeit.

Wir gingen, mit leichtem Seegang, in Richtung unserer Zimmer und verabschiedeten uns schläfrig bis zum Frühstück am nächsten Morgen…

Der Boden meines Zimmers bestand aus Bruchsteinplatten und die rot-braune Tonplatten-

Decke wurde getragen von dicken alten Olivenholzbalken.

Das Zimmer war spärlich aber stilvoll eingerichtet.

Zur Terrasse ließen sich zwei große Flügeltüren öffnen.

Zikaden und verschiedene Tiere waren zu hören...ein sternenklarer Himmel, fast wieder Vollmond. Es war bereits nach Mitternacht, immer noch mild und es roch herrlich nach Süden...

Ich schlief zwar bald ein, doch diese Nacht war geprägt von Alpträumen.

Ich träumte von einer alten Abtei mit unzähligen Steinsarkophagen, unterhalb, in einem Kellergewölbe.

Ich wollte die romanische Abteibasilika in der frühen Abenddämmerung noch besichtigen und war der Einzige in der großen Kirche.

Die Abtei lag auf einem Hügel, umgeben von uralten riesigen Pinien.

Hier hatte seit Jahrhunderten niemand mehr gelebt und auch niemand mehr eine Messe gefeiert...

Durch ein seitliches scheibenloses Fenster warf der Mond sein düsteres Licht auf den Altar.

Plötzlich brach ich durch den Steinboden und landete in der Gruft mit den Särgen...

So fieberhaft ich in der Dunkelheit auch suchte...es gab scheinbar keinen Ausgang und ich bemerkte leichenstarr, vor Entsetzen, wie aus den Särgen Tote stiegen... Ihr Gestank war bestialisch und ich rannte in Todesangst durch die nachtschwarze Gruft.

Endlich entdeckte ich einen engen Lichtschacht, durch den ich mich, buchstäblich in letzter Minute, nach Draußen zwängen konnte…während ich hinter mir noch ein höllisches Knurren und klebriges Schmatzen hören konnte…

Es war gegen vier Uhr morgens, als ich schweißgebadet aufwachte.

„Waren die Geräusche im Flur real…oder befand ich mich noch in einer Welt zwischen Traum und Wachsein…?"

„Huschten da nicht bedrohlich wirkende Schatten an meinen Zimmerwänden entlang, um bald hinter einem spärlich verzierten, ovalen Wandspiegel zu verschinden…?"

„Hatte ich nicht eben auch Julietta rufen gehört, so, als habe sie vor Etwas unvorstellbare Angst…?"

Ich versuchte mich zu beruhigen, konnte aber fortan nicht mehr einschlafen.

„In dem Zustand will ich heute Bergwandern", dachte ich. „Das wird hart!"

Gegen Acht stand ich dann gerädert mit einem beunruhigenden Kollapsgefühl auf, machte mich frisch, ohne mich danach auch wirklich „frisch" zu fühlen.

Ich zog meine Bergschuhe an und packte einen kleinen Rucksack mit dem Notwendigsten für eine Ganztageswandertour.

Dann ging ich vor, Richtung Terrasse.

Es war ein strahlend-sonniger Spätherbsttag…ideal zum Wandern.

Jackomos Mutter begrüßte mich lächelnd und brachte mir vorm Frühstück einen himmlisch schmeckenden extrastarken doppelten Espresso und dazu auf einem kleinen Tellerchen ein Täfelchen zartbittere Ingwerschokolade…

Nachdem ich dann noch eine Gaulois geraucht hatte, servierte sie mir mein Frühstück…

Ich fühlte mich innerlich warm…glücklich.

Julietta war bis zehn Uhr noch nicht aufgetaucht und Jackomo witzelte, ob ich sie vielleicht bei mir im Bett vergessen hätte.

Ich schaute nach ihrer Motoguzzi, aber die stand noch genau so da wie gestern Abend, daneben meine Bol dÓr.

Außer Jackomos Pickup standen keine weiteren Fahrzeuge mehr im Olivenhain…

„Wo war Sie…?"

Mir wurde langsam unheimlich…

Sie kam spät nachmittags…irgendwoher aus dem Olivenhain…ging Richtung Terrasse.

Ihr Blick wirkte verstört.

Sie hatte einen Rucksack bei sich und war passend für eine ausgiebige Bergtour gekleidet.

Ihre Bergschuhe waren sehr staubig und sie war verschwitzt und abgekämpft.

Nachdem sie einen großen Schluck aus ihrer Wasserflasche genommen hatte, setzte sie sich zu mir an den Tisch und bestellte bei Jackomos Mutter einen Espresso.

Sie entschuldigte sich mehrmals nacheinander bei mir, dass wir heute keine gemeinsame Bergtour, wie geplant, machen konnten.

Dann erzählte sie mir, teils weinend, eine Geschichte, die mir das Blut in den Adern stocken ließ…

Ich versuchte sie zu beruhigen, doch sie kam bei ihren Schilderungen immer mehr außer Atem…

"Wir müssen hier sofort weg, so schnell wie möglich…solange wir dies überhaupt noch können…und solange es noch hell ist…wir dürfen auf keinen Fall im Dunkeln fahren…auf gar keinen Fall im Dunkeln, verstehst Du, Swenn…sofort weg!"

Wir packten hektisch unsere Sachen auf unsere Motorräder und gingen dann zurück, um einem erstaunten Jackomo schnell noch die Rechnung zu bezahlen.

Jackomo wirkte traurig und winkte uns nach, während wir aus dem Olivenhain Richtung Bergdorf und auf engen kurvigen Gebirgssträßchen immer Richtung Küste fuhren.

Die Strecke war tatsächlich deutlich kürzer als mein Hinweg und wir waren noch vor Einbruch der Dunkelheit wieder auf dem Dorfplatz, dem Platz vor der alten Kirche und vor Juliettas Bar.

Julietta stieg von ihrer Guzzi und strahlte mich an, als hätte sie nach einer langen Anreise endlich ihren Urlaubsort erreicht.

Sie wirkte extrem erleichtert...

Sie hatte mir noch bei Jackomo erzählt, sie sei bereits komplett ausgerüstet, vor dem Frühstück nur kurz in den Olivenhain gegangen, um nach ihrem Motorrad zu schauen...

Dann fand sie sich plötzlich, unerklärlicherweise, statt an Jackomos Frühstückstisch unter großen uralten Pinien auf einem Hügel vor einer alten Abtei wieder...

Der Himmel war fast nächtlich verdunkelt und von drinnen drangen unheimliche Geräusche und Stimmen heraus...

Ein eisiger Luftzug blies sie aus einem offenen Seitenfenster an...

„Schnell weg hier!", dachte Sie in Todesangst, und rannte, ohne diesen Ort wirklich schnell genug verlassen zu können...

Erst nach Stunden, die Sonne war inzwischen wieder durchgebrochen, war die Abtei endlich außer Sichtweite...

"Wie ich dann wieder in den Olivenhain vor Jackomos Bauernhof gelangt bin, ich glaube, die Abtei liegt mindestens achtzig Kilometer entfernt, kann ich Dir nicht erklären...ich hatte nur unglaubliche Angst."

5

Wir gingen beide Richtung Bar.

Frank, Bernd, Paul und die unheimliche, schwarz gekleidete Frau saßen bereits an einem Tisch und unterhielten sich angeregt.

Ich begrüßte sie und setzte mich zu ihnen.

Julietta ging in die Bar und unterhielt sich dort längere Zeit mit ihrer Mutter, während ihre Schwester uns bediente.

„Hallo Sven, alles easy…?" meinte Paul und ich nickte zustimmend.

„Was geht bei Euch so…warum seid ihr gestern nicht bei Jackomo geblieben…?" fragte ich neugierig.

Jetzt schaute mich die schwarze Frau zum ersten Mal direkt an.

Sie hatte dunkelblonde lange Haare, war braungebrannt und hatte anfangs noch dunkelblaue Augen.

Plötzlich veränderte sich ihre Augenfarbe…in eisblau…und ihr tiefer, toter Blick traf mich unerwartet heftig, während ich meinte, ein dämonisches Knurren zu hören, ohne es genau lokalisieren zu können.

„Kam es von ihr?"

„Ich heisse Jacky und bewohne mit Frank ein uraltes Haus in einem kleinen Dorf...In der Nähe gibt es eine verlassene Abtei...".

„Romanisch?", rutschte es mir raus...

Jacky lächelte mich diabolisch an und entgegnete: „Ja, Sven...wir haben offensichtlich den gleichen Geschmack...".

Jacky trug hochhackige, schwarze, zehenfreie Schuhe zu ihrem langen schwarzen Seidenkleid.

Ihre Zehennägel waren, wie ihre Fingernägel, schwarz lackiert.

Sie hatte zierliche Füße und war eine umwerfende Schönheit.

„War sie eine Dämonin oder Besessene, vielleicht eine schwarzmagische Hexe?"

Mir schien bei ihr alles möglich und der leichenblasse Frank wirkte neben ihr, als hätte sie ihn schon mehrmals komplett ausgesaugt...irgendwie abhängig und völlig hilflos...

Frank zündete sich eine Zigarette an, hustete sekundenlang und bestellte dann mit einer tiefen, rauchigen Stimme bei Franceska einen Espresso.

Sie warf ihm einen verächtlichen Blick zu und bediente erst alle Anderen, auch wenn sie erst nach Frank bestellt hatten, bevor sie ihm einen pechschwarzen, nur lauwarmen Espresso brachte.

Frank trank ihn kommentarlos...und Jacky lächelte ihn verständnislos an.

Während Bernd einen Witz nach dem Anderen erzählte und darüber meist selbst am Meisten lachte, zeigte Paul großes Interesse für Jacky, jedoch ohne Erfolg.

Frank wirkte irgendwie zufrieden, für mich eher grundlos…denn seine dämonische Freundin schien von mir fasziniert und suchte unentwegt Blickkontakt.

Es war inzwischen dunkel geworden und ein eisiger Nordostwind leerte die Tische des Kaffees.

Frank hatte seine Winterjacke angezogen und ging Richtung Kirche.

Bernd hatte die komplette Zeche bezahlt und lief hinter Frank her.

Jacky hatte sich demonstrativ bei Paul untergehakt und sie folgten den Anderen.

Nach einigen Minuten sahen wir alle in Bernds Jeep davonfahren.

Julietta und ihre Mutter hatten sich kurz zuvor zu mir an den Tisch gesetzt.

Julietta sagte, sie hätte ihr über die unheimlichen Ereignisse berichtet und stellte mich ihrer Mutter vor.

„Was machen Sie in Deutschland, Sven?" fragte mich ihre Mutter…

„Eigentlich Garnichts mehr…relaxen, so wie hier…Ich war früher Kinderarzt und Hochschullehrer…"

„Dottore e Professore?"

„Si!"

„Vor zwei Jahren bin ich ausgestiegen…
Privatier…so eine Art Frührentner, der sich gerne im
Süden aufhält…".

Jetzt verriet mir Julietta, dass sie ebenfalls Ärztin
war. Sie habe aber nur wenige Jahre in einem
kleinen Krankenhaus gearbeitet, bevor sie alle diese
Bar übernahmen.

Ihre Mutter sagte mir, dass sie vorher als Lehrerin
an einem Gymnasium in Guardiagrele gearbeitet
hatte.

6

Aus der Dunkelheit näherte sich unserem Tisch ein gutaussehender Süditaliener mit grauem Wuschelkopf und grauem Bart…

„Ein süditalienischer Altachtundsechziger, ein Philosoph, ein Musiker…?", dachte ich, während er uns freundlich begrüßte und sich zu uns setzte.

Es war Juliettas Vater.

Er wirkte eigenartig erschöpft.

Franceska stand die ganze Zeit in der Bar hinter der Theke.

Es waren nur noch wenige Gäste im Raum und fast alle schienen schon bezahlt zu haben und befanden sich im Aufbruch.

Sie wirkte sehr nachdenklich.

Ihre kupferfarbenen Haare schimmerten im Licht der Thekenbeleuchtung.

Ihr Gesicht, Ihr Haar und Ihr Blick wurden von der großen, blankpolierten Espresso-Maschine, durch die offene Eingangstür, zu uns herüberreflektiert…

Ihr Vater erhob sich plötzlich wortlos, deutete Richtung Ortsausgang, taumelte kurz und stürzte dann neben unserem Tisch zu Boden.

Er war bewusstlos und eine große, stark blutende Wunde klaffte an seiner Stirn…

Julietta sprang schreiend auf, rannte in die Bar und kam mit Eis und einer großen Stoffserviette zurück. Sie drückte Ihm, nachdem wir ihn seitlich gelagert hatten, die Servierte mit dem eingerollten Eis auf die Wunde.

Ich rannte zu meinem Motorrad und holte mein „Notfall-Set" aus dem Tankrucksack.

Während ich damit zu Juliettas Vater zurückhastete dachte ich nur: „Na toll...Notfall! Bonjorno, Dottore!"

Juliettas Mutter war erstaunlich gelassen.

Sie kniete sich neben den Verletzten, nahm Ihrer Tochter das Tuch mit dem Eis aus der Hand und drückte es fest gegen seine Stirn.

Lag hier nicht Ihr Mann...?

Sie schaute traurig Richtung Theke.

Franceska war aus der inzwischen leeren Bar verschwunden...

Ihre Schwester rannte, wie von Dämonen gehetzt, ins Haus und kehrte mit einem großen Metallkoffer zurück.

„Mein Notfallkoffer, Sven!"

Wir packten unsere „Spielsachen" aus...

"Bis hier um diese Uhrzeit ein Notarztwagen eintrifft, kann bis zu einer Stunde dauern, Sven!"

Das war mir, irgendwie, auch vorher schon ziemlich klar...

"Das ist eben der Süden", dachte ich, während ich es auf Anhieb schaffte, ihm am Arm einen venösen Zugang zu legen…

"Treffer! ...und jetzt hilf uns, lieber Gott!"

Julietta hängte ihm eine Infusion aus ihrem Koffer an und bat mich, ihm verschiedene Medikamente durch den Infusionsschlauch langsam in seine Vene zu spritzen…

Ich gab ihm, was sie ihrem Vater „verordnete". Die Medikamente waren ja alle da und erschienen mir notwendig, vielleicht halfen sie sogar…

"Sie war in ihrem kleinen Krankenhaus sicher eine gute Notärztin", dachte ich. Sie hatte alles Notwendige, selbst hier, in ihrem Koffer und beherrschte die Situation perfekt.

Ich musste lächeln und Julietta schaute verlegen zur Seite.

Jetzt tauchte auch Franceska wieder auf.

Sie war auf einen Hügel hinter der Kirche gerannt, da sie in der Bar mit ihrem Handy keinen Empfang kriegte. Oben hatte es dann geklappt. Sie konnte einen Notarztwagen alarmieren.

Sie kniete sich neben ihren Vater und weinte.

Die Blutung war zum Stillstand gekommen und während Julietta die Wunde desinfizierte und danach ihrem Vater einen Verband anlegte, ging ihre Mutter mit der schluchzenden Franceska zurück in die hell beleuchtete leere Bar.

Im schummrigen Licht des Dorfplatzes wirkte Juliettas Vater wie ein Untoter, der auf seine Stunde wartete, um endlich aufzustehen…er atmete flach und hatte eine graue Gesichtsfarbe.

Ich hielt seine Infusion und spürte meinen Arm kaum noch.

Plötzlich öffnete er seine Augen und blickte uns…jedoch ohne ein Wort zu sprechen…entsetzt an.

Inzwischen waren auch Nachbarn herbeigeeilt und wir trugen ihn gemeinsam in die Bar.

Wir legten ihn auf eine breite, gepolsterte Eckbank und deckten ihn gut zu, da er scheinbar fror und erheblich zitterte. Julietta wechselte die Infusion und hängte die Flasche über ihm an die Halterung einer kleinen Wandleuchte. Dann spritzte sie ihm noch etwas in den Schlauch. Bald darauf ließ sein Zittern nach und er schaute uns mit klarem Blick an.

Er berichtete uns mit zittriger Stimme, er sei plötzlich an unserem Tisch von einem unheimlichen Nebel umgeben gewesen, der ihn, ohne dass er sich auch nur irgendwie hätte dagegen wehren können, unaufhaltsam Richtung Ortsausgang zog…und weiter…irgendwohin vor die Wand eines uralten Hauses.

„Die Wand war eisig und immer wieder huschten unheimliche Schatten vorbei…verschwanden im Haus."

„Plötzlich war ich zurück an unserem Tisch, zitternd vor Kälte…".

„War er gestorben und wieder auferstanden?"

„Hatte er nur geträumt?"

Seine Augen glitzerten seltsam und wir spürten alle ein deutliches Kribbeln, so, als würde er uns mit einer Strahlung „elektrisieren"…

Julietta und mich gruselte es…

Die Horrornacht schien gerade erst zu beginnen, denn vor der Kirche huschte jetzt Frank vorbei, bald darauf auch Bernd. So plötzlich sie schemenhaft vorbeizogen, waren sie auch irgendwohin wieder verschwunden. Jacky und Paul fehlten bei diesem Auftritt…

Der Notarztwagen war nach zweieinhalb Stunden immer noch nicht eingetroffen und die wenigen Telefone und Handys im Ort schienen von der Außenwelt abgeschnitten, funktionierten nicht oder kriegten keine Verbindung.

„Wie im Balkankrieg…", schoss es mir durch den Kopf.

Wir waren dort in den Neunzigern in einem kleinen Bergdorf mehr als eine Woche mit unserem medizinischen Hilfsteam von der Außenwelt abgeschnitten…militärisch eingeschlossen…und wurden massiv bedroht.

Es war kurz vor Mitternacht und ich hatte weder eine sichere Unterkunft, noch konnte ich die weitere Entwicklung für uns…für mich…irgendwie einschätzen.

Wir befanden uns alle in Gefahr. Soviel war mir nach den Ereignissen der vergangenen Tage klar.

Es waren aber nicht schwer bewaffnete Kriegsverbrecher und Banditen, die kleine Kinder schlachteten und ihre blutigen Körperteile, eins nach dem anderen, mitten auf den Marktplatz warfen oder in einem Folterkeller im Nachbarhaus einer einundzwanzigjährigen Hochschwangeren bei lebendigem Laibe mit einer rostigen Gartenschere den Bauch aufschlitzten…ich werde ihre Schreie nie vergessen…

Wir befanden uns zwar auch in einem Bergdorf…im Süden…aber unsere „Bedrohung" war, anders als im Balkankrieg, unsichtbar, scheinbar von geisterhafter Natur…vielleicht dämonisch.

7

Juliettas Vater hatte sich sichtlich erholt, die braune Gesichtsfarbe und sein charmantes Lächeln waren zurückgekehrt und niemand schien den Notarztwagen mehr zu vermissen.

Seine Tochter hatte den venösen Zugang mit der inzwischen leeren Infusion herausgezogen und ein Pflaster auf die Einstichstelle geklebt. Es war kurz nach eins, sternenklar und roch jetzt wieder...nach Süden...

"Its` a nice day to start again...", spielte es in meinem Kopf.

„Genau das mache ich jetzt auch!", war für mich die Antwort: „Start again!".

Ich verabschiedete mich knapp und versicherte den erstaunten Dorfbewohnern, bald wieder vorbeizuschauen.

Julietta schaute traurig zu mir her, während ich auf meine Bol`dOr stieg, sie vom Hauptständer schob und anließ.

Mit donnerndem Fauchen unter mir brauste ich aus dem Ort und durch Olivenhaine und Weinberge immer weiter Richtung Mittelmeerküste...

Das Meer glitzerte, rauschte und die Steilküste schickte meine Lieblingsdüfte zu mir herunter.

Ich hatte eine kleine unbewohnte Bucht erreicht, ganz in der Nähe eines Fischer-Ortes.

Auf dem Kiesstrand lagen einige Boote.

Ich stellte das Motorrad am Straßenrand ab und ging mit Tankrucksack und Schlafsack zu einem Felsen am Strand, neben dem ich einen schönen Schlafplatz fand.

„Endlich wieder am Meer!"

Es war mild und ich schlief bald zufrieden ein.

Gegen elf Uhr morgens wachte ich auf.

Ich hatte einen salzigen Geschmack im Mund und die Mittelmeersonne stach mir ins Gesicht.

Eine rote Ducatti wummerte jetzt oberhalb meines Kopfes auf der Küstenstraße vorbei und ich empfand dieses Geräusch als Aufforderung...aufzustehen...kurz im Meer zu baden...und danach Richtung Fischer-Ort zu biken...um dort ein Zimmer in Hafennähe zu suchen...und dann in einem Hafen-Restaurant den Segnungen der aufgetragenen Menü-Speisen zu folgen und dazu guten einheimischen Wein zu genießen...

Es klappte alles genau so, wie ich es mir vorher ausgemalt hatte und ich fand sogar ein günstiges Zimmer mit Balkon, direkt am Hafen und auf der anderen Straßenseite war eine Bucht mit einem Kiesstrand, aus dem einige kleinere Felsen herausragten.

Die Besitzer der Pension betrieben auch ein Restaurant und im schattigen Innenhof konnte man unter uralten Zitronen- und Olivenbäumen an liebevoll gedeckten Holztischchen zum Essen und Trinken endlos Platz nehmen.

Es gab immer fangfrischen Fisch, da sowohl der Padrone als auch sein Onkel leidenschaftliche Fischer waren.

Die Hausherrin war eine begnadete Köchin und Bäckerin…erlesendste Speisen und dolce… dazu diese himmlischen Weine…

Die nächsten Tage waren geprägt vom Relaxen im Paradies, einfach nur relaxen und genießen…

Die Wassertemperatur betrug noch rund 21 Grad und die Mittelmeersonne strahlte.

Inzwischen waren meine Heimreisegedanken vollständig verflogen und der sommerliche mediterrane Spätherbst hielt mich hier fest.

„Warum sollte ich gerade jetzt nach Duisburg zurückkehren?"

Ich hatte keinerlei Finanznöte und im Ruhrpott wartete, außer ein paar besonders trinkfeste Freunde in verschiedenen Stammkneipen, niemand mehr auf mich.

Meine Tochter war eine erfolgreiche Geschäftsfrau „im Osten" und meine Exfrauen hatte ich fast schon vergessen…

Wenn ich mich nicht noch selbst gehabt hätte…wäre „frei sein" vielleicht eine adäquate

Umschreibung meines momentanen Zustandes, vielleicht sogar „glücklich", gewesen.

Ich war mittendrin, ein Hauptdarsteller, in meinen südlichen Bildern und fühlte mich, seit sehr langer Zeit zum ersten Mal, wieder „angekommen"...

Ich saß entspannt vor einem Bar-Restaurant im Hafen, trank einen Espresso und aß dazu eine Kleinigkeit.

Es dürfte so um die Mittagszeit gewesen sein.

Eine leichte Brise sorgte für angenehme Erfrischung und ließ die Fischerbote vergnügt hin- und herschaukeln...

Am Nachbartisch saßen eine auffällig gekleidete ältere Dame und ihr nicht im Geringsten weniger auffälliger Begleiter...

Sie hatten diverse Bücher und Karten vor sich ausgebreitet und schienen sehr konzentriert nach bestimmten Begriffen und Orten zu suchen.

Die Beiden sprachen ein ausgeprägt amerikanisches Englisch, das ich etwa dem „mittleren Westen" zugeordnet hätte.

Wohl, weil ich ihre alte Harley schon einige Zeit bewundernd fixierte, wurden sie auf mich aufmerksam und baten mich, Erinnerungen an die Hippiezeit stiegen in mir auf, typisch gestikulierend an ihren Tisch.

Wir stellten uns, blumig unsere bisherige Reise beschreibend, dann als Mary-Anne, Harry-Joe und Sven vor.

Wir fanden uns sympathisch.

Sie waren gerade erst im Ort angekommen und teilten meine Begeisterung uneingeschränkt.

Mary-Anne war eine feingliedrige Schönheit, ein in die Jahre gekommenes Relikt, ein authentisch gebliebenes Gesamtkunstwerk, eine Sucherin und Finderin und Harry-Joe war wohl der Mann ihres Lebens, ihr Ritter und ihr Beschützer…

Mary-Anne kam gleich zur Sache: "Ich mag ausgeflippte Männer und bin Medium".

Harry-Joe, der absolut klassische alte Harley-Biker, nahm sie in den Arm und ergänzte: „Und ich mag richtig geile Weiber…".

„Das passt doch", dachte ich.

Wir philosophierten noch lange genüsslich über unsere Bilder vom „Süden" und bestellten uns zwischendrin gemeinsam ein herrliches, großes Fischmenü. Dazu flossen einige Liter Wein durch unsere sprechtrockenen Kehlen und wir wirkten alle äußerst zufrieden.

Zeitweise setzten sich auch einige Fischer zu uns, fragten uns neugierig nach unserer Herkunft und beantworteten bereitwillig alle Fragen zum Ort und der umliegenden Region.

8

Später fragte ich dann die Beiden, ob sie auf der Suche nach etwas Bestimmtem in dieser Gegend seien, anspielend auf die vielen Bücher und Karten, die anfangs vor ihnen lagen...

Jetzt schauten sie mich zum ersten Mal etwas misstrauisch an und nach einer kurzen Pause antwortete mir Mary-Anne.

„Ja Sven, wir suchen etwas ganz Bestimmtes. Hast Du in Deinem Leben jemals mit Spuk, schwarzer Magie, Dämonen, Hexerei oder ähnlichen Dingen zu tun gehabt?"

Als ehemaliger Wissenschaftler wollte ich diese Frage sofort klar verneinen.

Ich musste mir jedoch eingestehen, gerade als Arzt schon viele unheimliche Situationen erlebt zu haben.

Und da war natürlich auch noch mein persönliches Interesse...

Mit Blick auf die letzten Wochen konnte ich Ihr dann eigentlich nur noch mit „ja, schon öfter" antworten.

Mary-Anne und Harry-Joe betrachteten mich sehr nachdenklich und plötzlich sprudelte es aus ihnen fast gleichzeitig heraus.

„Sven...wir suchen die SINGENDEN KINDER!"

Nachdem sie dies ausgesprochen hatten, waren sie regelrecht von Panik ergriffen und dazu völlig außer Atem.

„Welche Art von Musik bevorzugen denn diese singenden Kinder", rutschte es mir dann einfach so raus.

Mit entsetztem Blick erwiderte mir Harry-Joe: „Only the evil sound of the devil…you better believe me…!"

Der Verlauf unserer „Hafenbegegnung" war erstaunlich, aber ich spürte jetzt auch, obwohl ich mich innerlich sehr dagegen wehrte, dass das Ende meiner „entspannten Tage im Süden" gekommen war.

„Crazy Americans…?"

Oder waren sie Schicksalsboten zukünftiger Ereignisse?

„Was muss man eigentlich genommen haben, um in diesem Idyll auf die Idee zu kommen, die „singenden Kinder", scheinbar ja höchst unangenehme Wesen, zu suchen…?"

Ich hörte einen alten Mann singen, der mit seinem Esel bergauf in den oberen Ort zog…

Der Gesang und die im Hafen schaukelnden Boote beruhigten uns.

Kein „singendes Kind"…nur ein gemächlich gehender alter Mann mit seinem Esel…

Wir hatten scheinbar gleichzeitig das Bedürfnis zu zahlen und riefen nach der Bedienung.

Nachdem wir anteilig, auf Wunsch der beiden Amerikaner aber in Italien eher unüblich, die Rechnung beglichen hatten, schenkte jedem von uns der Wirt noch einen doppelten Grappa…

"Salute!"…

Die Amerikaner verabschiedeten sich wortkarg, stiegen auf ihre Museums-Harley und gluckerten auf der Küstenstrasse in den Sonnenuntergang…

Ich blieb sitzen und genoss die mediterrane Abenddämmerung.

Mir war unklar, wie lange ich vor mich hingedöst hatte, als mich plötzlich, neben meinem Tischchen stehend, eine alte Frau fragte, ob ich ein Zimmer suche.

Sie trug sehr einfache dunkle Kleidung, etwas verschlissen und staubig.

Sie wirkte auf mich wie eine Bäuerin, die gegen Abend von ihren Feldern zurückgekehrt war.

Auch die braune, sonnengegerbte Haut ihres Gesichts und ihrer Hände verstärkten diesen Eindruck noch.

Sie trug sehr ausgetretene schwarze Schuhe.

Ihr Gesicht war voller Lachfalten und ihr Gesichtsausdruck wirkte gnomenhaft.

Erstaunlich war, dass sie mich in nahezu akzentfreiem Deutsch angesprochen hatte.

„Woher wusste sie, dass ich Deutscher war?"

Ich war Monate in Italien und von meiner inzwischen dunklen Hautfarbe und meinem Äußeren von einem „Einheimischen" kaum zu unterscheiden.

Mein Motorrad mit dem deutschen Kennzeichen stand zu diesem Zeitpunkt in meiner Pension.

„Hatte sie mich vielleicht schon einige Tage beobachtet…?"

Nachdem ich der Frau erklärt hatte, dass ich bereits ein Zimmer in einer Pension bewohnte und keines mehr suchte, lud sie mich dennoch, zu meiner größten Überraschung, „auf ein Glas Wein" in ihr Haus ein.

Sie wäre abends meist zu Hause und würde sich freuen, wenn ich sie in den nächsten Tagen besuchen könnte, da sie glaubte, wichtige Informationen über „Etwas" zu haben, wonach ich „scheinbar suchte".

Ich spürte, wie ich eine Gänsehaut bekam.

„Was wollte diese Frau von mir?"

Ich war nun fast zwei Wochen in diesem kleinen Fischerdorf und hatte sie vorher noch nie gesehen…

Sie erklärte mir, während sie sich anschickte, weiterzugehen, sie wohne alleine in einem alten Haus im oberen Ort, am Friedhof, direkt neben der Kirche. „Das werden Sie auf Anhieb finden".

Sie ging, ohne mir ihren Vor- oder ihren Nachnamen verraten zu haben…

In Hafennähe gab es den „Disco-Pub".

Die Kneipe wurde von einem zweiundsechzigjährigen Altfreak aus Potenza und seiner dreißig Jahre jüngeren Frau betrieben.

Die Beiden hatten keine Kinder, aber einen uralten schwarzen Riesenschnauzer, der „Abanizer" hieß.

Im Sommer war dort sicherlich Dauerparty…jetzt trafen sich im Pub alle jungen und jung gebliebenen Freaks der Region.

Es war Donnerstag.

An diesem Tag war jede Woche Oldie-Abend und während ich mich dem Laden näherte, hörte ich auch schon die Troggs: „With a girl like you".

Die großen Glasschiebetüren waren geöffnet, es war windstill und mild.

Viele Leute saßen draußen und ich setzte mich an irgendeinem Tisch mit dazu.

Luigi, der Wirt, begrüßte mich freundlich und hatte bereits ein großes Glas roten Hauswein für mich in der Hand. Der Wein stammte aus der Umgebung von Potenza und wurde von seinem Bruder hergestellt, der dort einen Bauernhof mit Weinbergen, Olivenhängen und Schafzucht betrieb.

Eine besondere Delikatesse zum Hauswein war seine hausgemachte Wildschweinsalami mit Schafskäse und den dicken schwarzen Oliven.

Ich bestellte mir sofort einen Teller.

An unserem Tisch saßen noch zwei jüngere Fischer aus dem Ort, die ich bereits ein wenig kannte und zwei Schotten, Jane und Collin, die außerhalb des Fischerdorfes, oben am Berg, vor Jahren einen kleinen alten Palazzo von einer schrulligen, alleinstehenden Comtesse, einer Tante, geschenkt bekamen, weil die Tante mit sechsundachtzig Jahren einen drei Jahre älteren amerikanischen Farmer geheiratet hatte und mit ihm nach Amerika gezogen war.

Das schottische Paar wohnte den Großteil des Jahres hier.

Ich hatte mich schon öfter mit ihnen unterhalten.

Sie waren beide Mitte vierzig und schienen über genügend Vermögen zu verfügen, denn sie lebten offensichtlich bereits als Privatiers.

Nachdem ich gegessen und noch einen weiteren Wein bestellt hatte, dachte ich wieder an die seltsame ältere Frau, die mich am Hafen wegen eines Zimmers ansprach und mich zu sich eingeladen hatte.

Ich beschrieb Jane und Collin den Vorfall und beide antworteten mir spontan: „It seems, that you met the austrian witch…she lives beside the old church, next to the graveyard"…

Mehr wollten oder konnten sie mir über diese Frau nicht sagen, denn sie wechselten schnell das Thema und unterhielten sich fortan mit mir über Bands aus den späten Sechzigern und Tramp-Reisen in Europa.

Die beiden Schotten waren doch eher den weltlichen Dingen zugewandt.

Er fuhr einen alten Maserati und sie einen noch nicht sehr alten Lamborghini, zwei Aussteiger auf hohem Niveau, scheinbar ohne spürbare Affinität zu Spuk und Magie.

Wir feierten an diesem Abend bei Oldies und vielen guten Drinks gemeinsam feucht-fröhlich bis in die Morgendämmerung, denn Luigi und einige seiner Freunde hatten die alten Marshall-Verstärker angeschlossen, ihre E-Gitarren herausgeholt und spielten und sangen guten alten Rock´ n Roll…

Auf dem Weg zu meiner Pension traf ich vor einem Fischkutter, der gerade entladen wurde, einen der beiden jungen Fischer wieder, die gestern Abend längere Zeit an unserem Tisch saßen.

Er ging aufgeregt auf mich zu und warnte mich eindringlich vor der älteren Frau, die mich am Hafen angesprochen hatte.

Auch sein Bruder kam jetzt dazu und die Beiden berichteten mir, sie hätten heute Nacht vom Meer aus unheimliche Lichterscheinungen neben der alten Dorfkirche gesehen und glaubten, der Teufel habe „die Hexe" nachts mehrmals besucht.

Ich fragte sie, ob sie bereit wären, mir vielleicht mehr über diese Frau zu erzählen, beide lehnten jedoch entsetzt ab und rannten geradezu zurück zu ihrem Kutter…

Ich blieb noch eine Weile stehen und betrachtete das glitzernde Mittelmeer, um dann langsam Richtung Strand zu gehen.

Ich legte mich neben einen kleinen Felsen und schlief beim Rauschen der Brandung in der spätherbstlichen Morgensonne bald ein.

Es war ein scheinbar traumloser, unruhiger Schlaf, aus dem ich gegen Mittag wenig erholt erwachte.

Neben mir hatte es sich ein junges Pärchen auf Badetüchern gemütlich gemacht.

Ihr lautstarkes Streitgespräch hatte mich geweckt.

Die Zwei waren mit dem Auto auf Hochzeitsreise, kamen aus Herne und standen, wenn man Ihnen so zuhörte, wohl schon wieder kurz vor der Trennung.

Ich begrüßte sie nur knapp, fragte und redete die üblichen Belanglosigkeiten und entfernte mich schnell in Richtung meiner Pension.

Dort empfing mich Maria, die Wirtin, freundlich mit einem köstlichen starken doppelten Espresso, dazu gab es ein selbstgebackenes, noch warmes Hörnchen mit einer gemischten Fruchtfüllung.

Ihr Mann Lakis, seine verstorbenen Eltern waren Griechen, überredete mich dann noch zum gemeinsamen Schlemmen einer großen gemischten Fischpfanne.

Dazu gab es frischgebackenes Brot und gut gekühlten Weißwein.

Nach dem Essen hatte Lakis noch einiges im Ort zu erledigen und Maria widmete sich wieder Ihren Aufgaben in Pension und Küche.

9

Es war Anfang November und der schattige Innenhof duftete nach Gewürzen und Früchten.

An den Bäumen hingen große Zitronen und reife Oliven.

Ich saß etwas Abseits unter einem alten knorrigen Olivenbaum.

Neuankömmlinge konnten mich nicht gleich entdecken, während ich einen nahezu diagonalen Blick auf den gesamten Garten hatte.

Außer mir schien jetzt niemand mehr hier zu sitzen.

Plötzlich erkannte ich, versteckt hinter einem Zitronenbaum, an einem kleinen Tischchen eine schwarz gekleidete Frau.

Sie schien mich noch nicht bemerkt zu haben.

Es war Jacky…

Ohne lange zu überlegen stand ich auf und ging zu ihrem Tisch.

Sie duftete hinreißend und erschien mir noch hübscher, als beim letzten Mal in den Bergen.

Sie lächelte verführerisch und bat mich Platz zu nehmen und mit ihr ein Glas Wein zu trinken.

Mir war in diesem Moment völlig egal, ob sie jetzt die böse oder die gute Fee war. Ich sehnte mich nach ihrer Nähe und setzte mich zu ihr…

Wir sprachen kaum miteinander und gingen nach kurzer Zeit wortlos gemeinsam in mein Pensionszimmer.

Es folgte eine unbeschreibliche Liebesorgie, während derer wir wohl beide mehrmals minutenlang aufgehört hatten zu atmen und uns teils vollständig vereinigt und teilweise wiederum vollständig voneinander entfernt fühlten…irgendwann schliefen wir vor Erschöpfung ein.

Es war bereits dunkel, als ich aufwachte.

Jacky stand angezogen auf dem Balkon und rauchte.

Sie blickte Richtung Meer.

Ein leichter Wind bewegte ihre glänzenden blonden langen Haare und ihr betörender Duft wehte zu mir.

Plötzlich drehte sie sich um und sagte zärtlich lächelnd: „Lass uns ausgehen, Sven…!"

Ich sprang auf und umarmte sie.

Sie zog mich Richtung Bad und nach einer lustvollen gemeinsamen Dusche richteten wir uns für den Abend im Ort her.

Wir aßen ausgiebig im gut mit Gästen gefüllten Garten der Pension.

Jacky zog die Blicke sämtlicher männlichen Gäste auf sich.

Es war Freitagabend, Wochenende, und es waren scheinbar auch viele Kurzurlauber im Ort.

Maria stand fast ununterbrochen in der Küche und immer, wenn Lakis an unserem Tisch vorbeikam, stellte er uns wieder irgendeine Köstlichkeit auf den Tisch und brachte uns fast jedes Mal, neben Wein, auch einen Grappa „vun die Hause" mit. „Endaxi!", dachte ich.

Mir war klar, dass dieser traumhafte Tag höchstens noch so bleiben, vielleicht schlechter werden, jedoch eigentlich nicht mehr besser werden konnte.

Wir hatten getrunken und gegessen und uns über vieles…jedoch nicht über Magie unterhalten.

Wir beschlossen, Richtung Hafen und später noch zu Luigi zu gehen.

Wir hatten uns verliebt…

Im Hafen besuchten wir eine kleine Bar.

Sie wurde von einer älteren Italienerin, sie war Witwe, und ihrem ständig betrunkenen Sohn, betrieben.

Sie hieß Anita, ein für eine Süditalienerin doch recht auffälliger Name.

Ihr Sohn war Anfang vierzig und hieß Vincente.

Zwischen der Bar und der Kaimauer des Hafens lag ein winziger Platz mit einer mittelgroßen Pinie und einigen wenigen Tischchen und Stühlen.

Auch die Küstenstraße zog sich neben dem Platz in den oberen Ort hinauf.

Es war hier nicht gerade erholsam ruhig.

Dauernd donnerten schwere Motorräder, hupende Roller und Autos vorbei.

Trotzdem hatte dieser kleine Platz…unmittelbar am Hafen…mit der Pinie und dem schrillen Ambiente der Bar…nicht zuletzt auch durch seine Betreiber verursacht, einen besonderen Charme.

Wer hier saß, war auf der Suche.

Er hatte keinen Mittelpunkt mehr oder er hatte seine Suche bereits beendet, weil er nichts gefunden hatte, weil er nichts mehr finden wollte, weil er endgültig aufgegeben hatte...

Die Polymorbidität einer kaputten Welt zerstörter und zerbrochener Restmenschen spielte hier mit dem Schönen des Südens Fangen.

Ein katalytischer Ort.

Ein bewegender Ort.

Wir fühlten uns hier auf Anhieb wohl.

Alle Tische waren besetzt mit illustren Darstellerinnen und Darstellern…

Vincente war gerade mit dem Blechtablett, auf dem unsere Espressi und ein Schüsselchen mit Nüssen standen, gegen die Pinie gerannt.

Er kehrte zusammen und hörte nicht mehr auf zu schimpfen. Dann wankte er zurück in die Bar und kam bald erneut mit unserer Bestellung heraus.

Diesmal erreichte er erfolgreich unser Tischchen und wir lobten ihn dafür ausgiebig, was ihn schnell zu beruhigen schien.

Dieser Ort schien Jacky zu inspirieren…

Sie hatte plötzlich wieder diese Düsterkeit, das diabolische Grinsen und die Farbe ihrer Augen wechselte.

Ich kannte diese Phänomene ja bereits aus dem Ort in den Bergen und hielt die Zeit für gekommen, sie damit zu konfrontieren…

Unsere Gefühle hatten sich verwandelt, waren vielleicht verändert worden, hatten sich verändert.

Verliebte Zärtlichkeit war inzwischen einer vertrauten Unheimlichkeit gewichen.

Wir waren angekommen, ohne jetzt schon klar definieren zu können, warum und wo…

Wir waren verlegen, schauten aneinander vorbei.

Ich bot Jacky eine Zigarette an, gab ihr Feuer, zündete mir auch eine an.

„Willst Du es mir verraten, darüber reden?",…fragte ich sie.

Sie schaute mich an und ich merkte, dass sie weinte…

Ich hätte sie gerne in den Arm genommen, aber irgendetwas hielt mich zurück, trennte mich jetzt immer mehr von ihr.

Zu einer früheren Freundin hatte ich an einem Strand von Kreta einmal gesagt, dass ich ein Photo machen möchte, das jene Bruchteile von Sekunden festhält, während derer sich vorher liebende Menschen verändern und voneinander trennen, ihre Liebe vollständig verlieren.

Meine Freundin schaute mich damals entsetzt und unverständig an.

Sie trennte sich irgendwann von mir…

Jacky hatte mir nicht geantwortet.

Sie war wortlos aufgestanden und gegangen.

Ich blieb sitzen und folgte ihr nicht.

Mein Espresso war wieder kalt geworden…

Ich zündete mir noch eine Zigarette an, die ich mit besonders tiefen Zügen rauchte.

Während hinter mir der Verkehr vorbeirauschte, blickte ich mit erstarrtem Blick aufs Meer…

10

Ich hatte meinen Rücken zum Tischchen gedreht und dabei nicht bemerkt, dass sich jemand dazusetzte.

Als ich mich zurückdrehte, saß dort eine elegant gekleidete attraktive Dame mittleren Alters, die mit einer Zigarettenspitze rauchte.

Sie war dezent geschminkt.

Ich begrüßte sie in Italienisch und sie antwortete mir mit leichtem Akzent.

Wir führten einen kurzen Smalltalk, während ihr Vincente einen Campari servierte.

Ich fragte sie, auf ihren Akzent anspielend, ob sie Österreicherin sei und sie bejahte dies lächelnd in breitem Wienerisch.

Wahrscheinlich war es der Ort und die Situation, jedenfalls schoss mir jetzt ein Lied von Wolfgang Ambros in den Kopf…„Wem heut`…“…Inzwischen näherte ich mich zunehmend dieser Gefühlslage und der Abend nahm immer anarchischere Züge an.

Sie sagte, sie wohne hier für einige Tage bei einer Tante.

Ihre elegante Kleidung, besonders ihre hochhackigen Schuhe, hätten aus den zwanziger Jahren…nein, besser…aus der Requisite für einen Fellini-Film stammen können und sie hätte darin eine mannstolle Mörderin gespielt…

Sie steckte sich noch eine Memphis in ihre Zigarettenspitze und ich gab ihr Feuer.

"Hast Du Lust, mit mir noch zu Luigi zu gehen?"

Das „Du" schien sie nicht zu stören.

„Gerne", antwortete sie und verriet mir anschließend, sie heiße Johanna.

„Und Du?"…"Sven, der Biker aus Duisburg…"

Vincente hatte scheinbar für heute den Kampf mit dem Alkohol verloren, denn jetzt näherte sich die etwas frustriert wirkende Anita unserem Tischchen.

Wir zahlten und starteten Richtung „Disco-Pub". Johanna hakte sich bei mir unter.

Sie summte, während wir gingen, verschiedene Melodien, von denen mir die Meisten unbekannt waren.

Einige Male blieben wir stehen und sie drückte ihren Kopf an meine Schulter.

Es hatte etwas Vertrauliches, so als wären wir schon sehr lange gute Freunde…oder ein Paar.

Der „Disco-Pub" war überfüllt, so dass die Gäste sogar dicht gedrängt um die vollständig besetzten Tische vor dem Haus standen. Die großen Schiebetüren waren geöffnet und uns dröhnte Techno-Musik entgegen.

Luigi war nicht zu entdecken und seine Frau Gianna machte einen unfreundlichen, genervten Eindruck.

Es war schon weit nach Mitternacht.

Johanna wollte nicht im Pub bleiben und lud mich ein, mit zu ihrer Tante zu gehen und dort noch etwas zu trinken.

Ich überlegte nicht lange und ging mit…

Nach einem steilen Anstieg in den oberen Ort, es wurde zunehmend stiller und die kleinen Gässchen verwinkelter, dunkel und enger, erreichten wir den vom Mond beleuchteten Platz vor der mittelalterlichen alten Kirche.

Dieser Ort hatte eine gespenstische Ausstrahlung.

Kirche und Platz waren umringt von uralten baufälligen Häusern und bei der Kirche lag ein nicht weniger unheimlicher, verfallen wirkender Friedhof.

Johanna merkte, wie ich diesen Friedhof betrachtete und lächelte mich an.

„Hier oben wird schon lange niemand mehr beigesetzt. Der neue Friedhof liegt etwas außerhalb des Ortes, am Hang."

„Dann kann er ja nur in der Nähe des Landsitzes von Jane und Collin liegen", schoss es mir durch den Kopf.

Wir gingen unmittelbar neben der Kirche in ein Seitengässchen, an dem auch der alte Friedhof lag.

An der Kirchenmauer fielen mir eigenartige kleine Symbole mit kaum noch lesbaren Inschriften auf…

Nach wenigen Minuten standen wir vor einem dunklen alten Haus.

Es roch modrig.

Johanna öffnete eine große Holztür, hinter der sich ein finsterer Innenhof verbarg, in dem verschiedene verwitterte Gerätschaften standen, die wohl früher der Weinherstellung dienten.

Johanna zog mich zu einer kleinen, überdachten Holztreppe, die in den ersten Stock zu führen schien.

Sie öffnete oben eine mit einem Wappen verzierte Tür, hinter der sich eine stattliche Eingangshalle mit romanischen Säulen, die das Deckengewölbe trugen, verbarg.

Wir befanden uns hier wohl in einem alten Adelssitz, der früher sicherlich Weingut war.

An den Wänden hingen Gobelins, die meist Jagdszenen zeigten.

Einer, wohl der Älteste und abgewetzteste, stach mir besonders ins Auge…

Er zeigte, kaum noch erkennbar, eine Personengruppe mit dunklen langen Kleidern, um einen offenen Steinsarkophag stehend. Vom Gesicht her eine Frau, hielt ein blutig tropfendes großes Messer mit beiden Händen umklammert in die Höhe. Sie stand als Einzige an der Stirnseite des Sarkophages, in dessen Inneres der Betrachter nicht hineinsehen konnte…

Die Halle war nur spärlich aber stilvoll mit historischem Mobiliar ausgestattet.

„Wir sind ein altes Adelsgeschlecht und meine Tante, ursprünglich in Österreich geboren und aufgewachsen, lebt schon lange ganzjährig hier. Sie scheint bereits zu Bett gegangen zu sein. Du wirst sie morgen noch kennen lernen."

Offenbar ging Johanna davon aus, dass ich hier übernachtete.

Sie führte mich durch die Eingangshalle in ein gemütliches Kaminzimmer, in dem sich niemand aufhielt, obwohl das Holz im Kamin frisch nachgelegt schien und knisternd brannte.

Auf dem Tisch standen Gläser, Teller und Besteck.

Johanna entzündete die Kerzen im Kandelaber, der mitten auf dem großen Holztisch stand, bevor sie für eine Weile verschwand, um dann mit einer großen Dekantierkaraffe mit Rotwein und einem Teewagen voller Köstlichkeiten zurückzukehren.

Sie hatte sich umgezogen, trug jetzt einen langen Seidenkimono und rote, zehenfreie hochhackige Schuhe, die ihre lackierten Zehennägel besonders zur Geltung brachten…und hatte schöne Füße und eine beeindruckende Figur…sie war nackt unter ihrem Kimono…verströmte einen reizvollen Duft…

Sie stellte uns die großen, bauchigen Rotweingläser hin und einen riesigen gemischten Teller mit mediterranen kalten Köstlichkeiten, dazu eine Schale Weißbrot.

Jetzt schmiegte sie sich seitlich an mich, ich konnte ihre nackte duftende Haut durch den Kimono deutlich spüren, und goss uns Rotwein ein. Er verströmte im Glas den Hauch verschiedener reifer

Früchte...und dann sein Geschmack! „Mindestens 98 Parker-Punkte!"...

Die stilvolle, schrille, hübsche Johanna hatte offensichtlich vor, mich in diesem Spukhaus zu verführen und danach, am nächsten Morgen, ihrer adeligen, vermutlich schon betagten Tante vorzustellen.

Das düstere Ambiente und die teils recht unheimlichen Geräusche steigerten meine Neugierde...

Ich war im Süden „angekommen" und hatte in den vergangenen Wochen deutlich mehr erlebt, als in vielen Jahren vorher zusammen...

11

Am nächsten Morgen wachte ich in einem großen Doppelbett auf...

Die großen Flügeltüren zu einer riesigen Terrasse waren weit geöffnet.

Ich konnte, aufgerichtet, aus dem Bett über den Ort hinunter auf den Hafen und das Meer blicken.

Es duftete nach frischen Croissants und starkem Kaffee.

Johanna saß mit ihrer Tante an einem runden Tischchen.

Es war die alte Frau vom Hafen, die jetzt ein langes schwarzes Seidenkleid und dazu Schuhe mit hohen Absätzen trug.

Die alte Dame war geschminkt und sah wesentlich jugendlicher und attraktiver aus.

Ich war nackt und konnte mich an Nichts erinnern...

Johanna hatte bemerkt, dass ich aufgewacht war.

Sie brachte mir einen starken Espresso, nachdem sie mich leidenschaftlich umarmt hatte.

Ihre Tante winkte mir von der Terrasse freundlich zu.

Johanna brachte mir einen Bademantel und meine Sachen. Dann zeigte sie mir das Badezimmer.

Im luxuriösen Bad war eine riesige Spiegelwand.

Ich entdeckte an meiner linken Schulter kleine rote Punkte. Sie sahen fast aus, wie eine Bisswunde, die aber weder schmerzte noch juckte…

Ich meinte, etwas blass auszusehen, was mich nach den vergangenen Tagen aber auch nicht sonderlich wunderte und daher auch nicht beunruhigte.

Ich hatte das Bad verlassen und betrat die sonnige süditalienische Terrasse…

Die beiden Damen begrüßten mich freundlich und baten mich Platz zu nehmen, um mit ihnen zu frühstücken.

Das alte Haus, Schloss oder Palazzo wäre wohl die präzisere Beschreibung gewesen, war über mehrere Etagen an den Hang gebaut und stand mit einer Seite an einem riesigen, in Terrassen angelegten Park, der zum Anwesen gehörte und sich den Berg hinab bis an die Küstenstraße erstreckte.

Sie verlief hier außerhalb des Fischerdorfes unmittelbar neben dem felsigen Strand mit dem tiefblauen Mittelmeer.

Der Blick von der Terrasse war überwältigend.

Unser Tisch stand unter einer großen alten Dattelpalme. Bei jetzt strahlendem Sonnenschein konnte der Unterschied dieses Ortes zwischen gestern Nacht und heute Morgen kaum größer sein.

Mein Erstaunen blieb nicht unbemerkt und die Hausherrin bot mir daraufhin eine ausgiebige Führung durch den Palazzo und das umliegende Gelände an.

Die alte Dame hatte sich mir als Lucia Gräfin di Montrivali vorgestellt und überraschte mich mit der Bemerkung, dass Johanna nicht ihre Nichte, sondern ihre leibliche Tochter und Alleinerbin sei.

Wir hielten uns also nicht, wie sie mir ursprünglich erzählte, bei Johannas Tante, sondern im Palazzo ihrer Mutter auf.

„Aus welchem Grund eigentlich?", ging es mir durch den Kopf, andererseits war die Beantwortung dieser Frage für mich momentan eher zweitrangig.

Mein vorrangiges Interesse galt nun dem sich gerade entwickelnden und an Spannung kaum zu überbietenden Ereignis...dessen Schatten und Gefahren sich noch hinter „dem Schönen" verborgen hielten...lauernd...abwartend und vorrausplanend...um dann, im geeigneten Augenblick, seine wehrlosen Opfer mit der gesamten dämonischen Höllenkraft anzuspringen und zu überwältigen...

Ich war neugierig aber auch vorsichtig.

Ich dachte zufällig gerade an die beiden Amerikaner und ihre Suche nach den „singenden Kindern".

In diesem Augenblick warfen mir beide Frauen gleichzeitig einen beängstigenden Blick zu.

Es war der Blick des Monsters, kurz bevor es sein Opfer überwältigt und frist...

Mir dämmerte, dass beide wahrscheinlich übernatürliche Kräfte hatten und vermutlich auch Gedanken lesen konnten…

Die Frühstückstafel wurde von einer dicken italienischen „Mama" abgetragen und im Park waren verschiedene Gärtner mit Außenarbeiten beschäftigt.

In dem weitläufigen Gelände standen noch einige weitere Gebäude, teils von großen Palmen oder Zypressen gesäumt.

Die Gräfin und Johanna rauchten nach dem Frühstück eine Zigarre, während ich auf diesen „Genuss" verzichtete, was die beiden Damen verständnislos zur Kenntnis nahmen.

Danach bedeutete mir die Hausherrin, dass die Führung beginnen könne…

Der Palazzo war weit älter als eintausend Jahre und einige Gebäudeteile reichten zurück in die Römerzeit und die Zeit griechischer Besiedlung.

Etwa ab dem achten Jahrhundert nach Christus existierten, versicherte die Gräfin, ziemlich verlässliche Angaben, die ein recht genaues Bild über die Nutzung des Anwesens und das Leben seiner Besitzer vermittelten.

Es wären hierzu noch eine Vielzahl originaler alter Handschriften und Schriftstücke, die sie mir jedoch nicht zeigen wollte, in ihrem Besitz.

In den Fels führten aus dem Palazzo von allen Etagen dunkle modrige Gänge, deren weit verzweigtes System auch der Hausherrin, behauptete sie wenigstens, größtenteils unbekannt war.

Sie berichtete, dass ihre schon lange verstorbenen Eltern das Gut noch mit Weinbergen, Olivenhängen, Viehzucht und Zitronen- und Bergamotteplantagen aktiv betrieben hatten.

„Was geschah mit ihren Eltern?", fragte ich aus ahnungsvoller Neugierde.

„Sie wurden wegen Zauberei und staatsfeindlicher Umtriebe gemeinsam verhaftet...

Ich war damals erst fünf Jahre alt.

Meine Mutter trug immer lange schwarze Kleider und mein Vater stets einen großen schwarzen Hut...Sie nahmen sich noch vor dem Ende des zweiten Weltkrieges im Gefängnis gemeinsam das Leben.

Meine Großeltern versuchten das Gut weiterzuführen, während ich bei Verwandten in Österreich aufwuchs.

Nach dem Tod der Großeltern bin ich hierher zurückgekehrt...Meine Tochter ist unehelich...".

Das Gebäude war gefüllt mit Kunstschätzen und besaß eine riesige alte Bibliothek.

Ich war mir sicher, genau hier sämtliche Informationen über die Zusammenhänge jener unheimlichen Ereignisse, wie ich sie in den vergangenen Wochen erlebt hatte, finden zu können...

Die Gräfin erkannte mein Ansinnen und erinnerte mich, ohne dass ich sie darauf angesprochen hatte, an den Inhalt ihrer Einladung am Hafen...

„Du hast bei mir, trotz Deiner Ablehnung am Hafen, doch ein Zimmer bezogen…und ich werde Dir auch, wie versprochen, Informationen über „Etwas" geben, wonach Du, nicht mehr nur scheinbar, sondern inzwischen ganz sicher suchst…".

Hätte ich mich auf einer Expedition befunden, wäre ich spätestens jetzt zu dem Schluss gelangt, dass der gefährlichste Teil dieser Expedition eben gerade begonnen hatte…

Wir standen alle in der Eingangshalle vor der Wand mit dem alten abgewetzten Gobelin.

„Der Gobelin ist fast achthundert Jahre alt…Was Du siehst, Sven, ist das, wonach Ihr sucht…jenes „Etwas"…Es ist die Darstellung der „SINGENDEN KINDER", sagte die Gräfin mit dämonisch knurrender Stimme…

Ich konnte ihre Augen sehen…sie hatten jene eisblaue Färbung angenommen, wie ich sie von Jackys Augen im Bergdorf kannte…

Johanna hatte die Eingangshalle wortlos verlassen.

Ich war allein mit der höllischen Gräfin und roch meinen eigenen Angstschweiß…

Im Raum war plötzlich eine eisige Kälte.

Ich konnte meinen Atem sehen, so wie an einem richtigen Wintertag.

Wie von Geisterhand öffnete sich jetzt die alte schwere Tür mit dem Wappen und ich wurde von einem fluoreszierenden Bodennebel leicht

71

angehoben, auf dem ich in den Innenhof und weiter durch das ebenfalls geöffnete alte Holztor bis an die Seitenmauer der alten Kirche schwebte, wo ich jäh aufsetzte.

Der Nebel war wieder verschwunden…

Aus der Kirchenmauer mit den eigenartigen kleinen Symbolen und den unleserlichen Inschriften hörte ich jetzt deutlich die Stimme der Gräfin flüstern: „Sven…Sven…reise zurück…verlasse diese Gegend und suche nicht weiter…ihr seid in großer Gefahr…reise zurück…".

Ich berührte ungläubig die Mauer und spürte ihre unnatürliche Kälte…

Fluchtartig verließ ich diesen Ort und rannte auf den Platz vor der Kirche.

Er war menschenleer und durch die ebenfalls menschenleeren engen Gassen des oberen alten Ortes zog ein geheimnisvolles Rauschen.

12

Je weiter ich bergab Richtung Hafen kam, desto belebter wurde der Ort wieder.

Menschen standen vor Geschäften, gingen irgendwohin, unterhielten sich oder saßen rauchend vor einer Bar an ihren Tischchen…

Ich ging etwas benommen zur Bar von Anita und Vincente.

Dort saßen Vincente und Luigi gemeinsam an einem Tischchen.

Die Beiden tranken Bier und wir begrüßten uns schon von Weiten.

Sie wirkten „leicht angeheitert" und ich setzte mich dazu.

Anita kam auch schon mit weiteren Bieren und sie luden mich zum Mittrinken ein.

Mir dröhnte noch der Kopf von meinen Erlebnissen und ich freute mich über jede Art einfacher Zerstreuung…ich nahm also ihre Einladung zum Mittrinken gerne an.

Wir rauchten eine Zigarette nach der Anderen und tranken ein Bier nach dem anderen.

Anita brachte uns zwischendurch einen kleinen Imbiss.

Wir unterhielten uns angeregt, lachten und fühlten uns ausgelassen.

Es war inzwischen später Nachmittag, Samstagnachmittag, und wir überlegten, was wir an diesem Tag noch erleben wollten.

Luigi und auch Vincente hatten heute frei, es war Wochenende und wir beschlossen, alle zu meiner Pension weiter zu ziehen und dort viel und gut zu essen und ausgiebig zu trinken...ich hatte ja ein Zimmer und die Anderen waren „Einheimische" und wären notfalls sicher auch untergebracht worden...

Wir standen gerade erst im Innenhof, als Maria und Lakis uns auch schon entdeckt hatten.

Beide begrüßten uns herzlich und boten uns einen noch sonnigen Tisch neben einem alten knorrigen Olivenbaum an.

Wir nahmen Platz und Lakis meinte zu mir: „Heute ware viele Sonne un viele Durste...viele Durste is gut viele trinke..."

Wir lachten alle und nickten Lakis bestätigend zu.

Maria sagte mir, verschiedene Leute hätten heute schon nach mir gefragt...sie hätte sie vorher hier noch nie gesehen..."auch hübsche Fraue"...ergänzte sie lächelnd und ging Richtung Küche.

Mein momentanes Interesse an „hübsche Fraue" war sehr begrenzt und mein Bedürfnis mit den beiden Freaks zu feiern umso größer.

Ich fragte daher bei Maria nicht weiter nach, was sie wohl etwas irritierte.

Lakis empfahl uns Lammbraten mit verschiedenem Gemüse als Beilage und als Vorspeise ein Wildschweinschinken-Karpacio mit in

Ingwersauce eingelegtem Knoblauch und Bergamotte-Olivenöl, mit wenigen Zitronenmelisse-Blättern, dazu ofenfrisches Fladenbrot und seinen roten Hauswein.

Wir waren begeistert und das Schlemmen und Trinken war eröffnet...

Es dauerte nicht mehr lange bis zur Abenddämmerung und war bald dunkel im Innenhof.

Die bunte Beleuchtung wurde eingeschaltet.

Es saßen nur noch wenige Gäste draußen, denn es wehte ein frischer Wind aus den Bergen.

Es war eben schon November.

Wir hätten uns wahrscheinlich auch ins Restaurant hineingesetzt, aber Vincente bekam, nachdem ihm Lakis einen doppelten Grappa gebracht hatte, den er ohne einmal abzusetzen leer trank, einen Schwächeanfall und fiel vom Stuhl.

Langjähriger Alkoholismus hatte bei ihm seine Spuren hinterlassen.

Nachdem er sich mehrfach übergeben hatte, stabilisierte sich sein Zustand langsam und sein Kreislauf erholte sich.

Luigi war das Essen vergangen und Lakis hatte Vincente in ein kleines Zimmer neben dem Restaurant gebracht, wo er seinen Rausch ausschlafen konnte.

Ich beschloss, die Beiden einzuladen und bat Lakis, alles auf meine Pensionsrechnung zu setzen.

13

Wir fühlten uns beide nicht betrunken und ich machte Luigi den Vorschlag, noch gemeinsam in einen winzigen Pub zu gehen, der einem Iren gehörte.

Rodney, so hieß der Ire, war früher katholischer Priester.

Der skurrile Junggeselle hatte sein Priesteramt an den Nagel gehängt und war aus der Kirche ausgetreten.

Nach einer Tramptour durch ganz Europa kaufte er hier, etwa in der Mitte des oberen Ortes, ein kleines altes Haus mit einem verwilderten Garten, in dem er jetzt wohnte und seinen Pub betrieb.

Im Garten standen am Haus, unter einer hohen alten Palme, einige wenige wacklige Tischchen mit ebenso wackligen Stühlen.

Der verwilderte Garten war in Terrassen angelegt und nur die oberste mit der Palme wurde genutzt und war durch den Pub begehbar.

Auf weiteren Terrassen standen alte Olivenbäume, Orangenbäume und knorrige Weinstöcke zwischen hohem Gestrüpp.

Ich ging nicht oft zu Rodney, hatte aber jedes Mal den Eindruck, seine intellektuellen Gäste betonten nicht nur gern durch ihre äußere Erscheinung, sondern auch durch die Art ihrer Unterhaltungen, wie stark sie esoterisch bewegt waren.

Da fielen nicht selten Begriffe wie Schamane oder Hexe und es wurde über „Kräfte" und deren Wirkungen, meist sehr kontrovers, philosophiert.

Das irgendjemand mal wieder irgendetwas auspendelte, konnte ich noch bei jedem Besuch dieses Pubs beobachten…

Ich hatte, die Ursache war wohl eine Mischung aus „gesundem" Misstrauen und Vorsicht, hier bisher niemandem von meinen unheimlichen Erlebnissen erzählt, obwohl dies bestimmt ein passender Ort dafür gewesen wäre.

Rodney war nach meiner Einschätzung ein geeigneter Gesprächspartner und so hoffte ich, dass sich an diesem Tag vielleicht irgendwann eine Gelegenheit ergab.

Luigi mochte diesen abgefreakten Laden ebenso wie ich.

Rodney war ein charismatischer Mensch und begrüßte uns gestenreich.

Er war ein „Zauberer" und profunder Kenner historischer Zusammenhänge und verfügte sicher über ein umfangreiches magisches Wissen.

Sein Pub war entsprechend eingerichtet und strahlte einen sehr hintergründigen Zauber aus.

Das liebten seine Gäste und die passende Musik verstärkte diese Atmosphäre zusätzlich.

Der frische Wind wurde von den eng aneinander gebauten Häusern abgehalten und wir konnten uns noch unter die Palme setzen, ohne zu frieren.

Rodney beschäftigte heute eine junge Bedienung und hatte dadurch Zeit, es waren auch nur wenige Gäste im Pub, sich zu uns zu setzen.

Er brachte eine unetikettierte Flasche und drei Gläser mit und lud uns ein, einen Rotwein von einem Freund zu probieren.

Der Wein war gut trinkbar und Rodney bot uns an, mit ihm einen Joint zu rauchen…Luigi schien schon nach drei Zügen die Wirkung zu spüren und auch Rodney lobte den „guten Stoff".

Ich merkte keinerlei Wirkung. Vielleicht hatte ich ja früher zu viel Narkosemittel eingeatmet und brauchte „spürbarere" Dosen.

Die Flasche Wein war leer, Luigi war inzwischen fest am Tisch eingeschlafen und Rodney brachte ihn in seine Wohnung, damit er dort weiterschlafen konnte.

Rodney war bestens gelaunt und kehrte nun mit einer weiteren Flasche gleichem Wein zu unserem Tisch zurück und goss unsere Gläser gleich wieder voll.

„Skoll, Sven!", prostete er mir vergnügt zu und zündete sich eine griechische „Papastratos" an.

Er legte die Schachtel auf den Tisch und ich zündete mir sofort auch eine an.

Rodney sagte, er sei öfter auf Korfu, weil dort einige Freunde wohnten.

„Wenn Du noch länger hier bist, kannst Du demnächst ja mal mitfahren…"

Mir fielen sofort Kostas Taverne, die alte Musikbox, all die Freaks unserer griechischen Dauerpartys, leider auch die Ex-Frauen, ein…und jetzt dachte ich plötzlich auch an Paul…

„Danke für die Einladung, Rodney. So, wie es jetzt aussieht, bleibe ich schon noch länger hier. Wir können demnächst gerne zusammen nach Korfu fahren."

Darauf prosteten wir uns wiederholt kräftig zu und er bot mir gleich noch eine Papastratos an, die ich genüsslich rauchte.

Rodney hatte heute keine Lust mehr, selber zu arbeiten.

Er stellte eine Kerze auf den Tisch und brachte einen Teller mit kalten Leckereien, Schafskäse, Oliven, Räucherfisch und Brot, für uns heraus.

Er hatte auch noch zwei leere Gläser und, wie sich schnell herausstellte, eine Flasche griechischen Ziporo dabei. „Das ist ein ausgezeichneter Selbstgebrannter vom Pileon. Den hat mir beim letzten Mal eine Freundin auf Korfu geschenkt."

Es war jetzt windstill, schon nach Mitternacht, Sonntagmorgen, und weder Rodney noch mir wurde es draußen zu kalt.

Rodney hatte noch eine Karaffe mit Wasser auf den Tisch gestellt. „Ziporo trinkt man besser mit Wasser...". „Weiß ich, Rodney!" ... "Jamas!"... "Jamas!"

Luigi schlief noch und im Pub waren inzwischen keine Gäste mehr.

Die junge Bedienung war bereits gegangen.

Rodney schaute sehr nachdenklich.

Wir prosteten uns mit Ziporo zu und rauchten noch eine Papastratos.

Plötzlich flüsterte er: „Sven, what kind of mystery do you want to talk about with me...please do it now, cause I´m your friend and it seems to me necessary to protect us and others against "something"...against big evil dark power...".

Rodney konnte tatsächlich meine Gedanken lesen..., der Ex-Priester und ausgeflippte Zauberer mit dem kleinen Pub...

Er wollte scheinbar mein Verbündeter werden und ich berichtete ihm von meinen unheimlichen Erlebnissen.

Wir sahen uns danach lange schweigend an.

Am Horizont kündigte ein schmales helles Band die beginnende Morgendämmerung an.

Es war Sonntag und wir hatten „durchgemacht".

Rodney brach unser Schweigen und sagte, er sei als Priester früher auch Exorzist gewesen und habe dieses Ritual mehrmals durchgeführt.

Er betonte, dass er die Welt der Magie und auch die der Dämonen sehr genau kannte, aber auch fürchtete.

Dann zeigte er auf ein ziemlich zugewuchertes Gebäude auf einer weit unterhalb liegenden Terrasse, umgeben von uralten großen Olivenbäumen.

„Das ist eine alte Olivenmühle, die früher gemeinsam von den Nachbarn, auch von der Gräfin, genutzt wurde…hinter der Olivenmühle steht neben einem aufragenden Felsen eine Palme."

„Durch den Felsen, in den Berg, führt bei dieser Palme ein düsterer Gang, der mit einer alten Eisentür verschlossen ist."

„Dieser Gang ist vermutlich mit weiteren Gängen im Berg, unterhalb des Ortes, verbunden…".

„Die älteren, meist über Achtzigjährigen, fürchten sich vor der Olivenmühle, weshalb sie irgendwann auch nicht mehr genutzt wurde."

„Dort sollen böse Geister wohnen."

„Einige berichten, sie hätten grauenvolle Schreie…Todesschreie…von Kindern…aus dem Berg hinter der Eisentür gehört."

„Besonders gefährlich sei es, wird behauptet, sich diesem Ort in den Nächten um den dreizehnten Dezember zu nähern…".

„Rodney war also ein furchtsamer Zauberer, mein Verbündeter und der Nachbar der dämonischen Gräfin und hatte hinter seiner Olivenmühle, die zu seinem Grundstück gehörte, einen Zugang in den

Berg, vermutlich mit Gängen der Gräfin vernetzt…".

Wir rauchten noch eine letzte Zigarette und ich zahlte, obwohl Rodney dies vehement zu verhindern versuchte.

Wir tranken aus und verabredeten uns, in den nächsten Tagen unser Gespräch ausführlich zu vertiefen.

Der Sonnenaufgang hatte gerade begonnen und ich verabschiedete mich von Rodney.

14

Als ich im Innenhof meiner Pension ankam, brachte mir Maria aufgeregt zwei verschlossene Briefkuverts, die an „Sven" adressiert waren.

Ich öffnete sie jetzt nicht, auch wenn Maria sicher gerne gewusst hätte, von wem sie waren, denn sie lagen, meinte sie, ohne dass sie sehen konnte, wer sie gebracht hatte, heute morgen plötzlich auf einem Tischchen, neben dem Eingang zur Küche.

Ich bat Maria, mir nur einen starken doppelten Espresso und einen doppelten Grappa, jedoch kein Frühstück, zu bringen.

Sie wirkte erstaunt, brachte mir aber meine Bestellung kommentarlos.

Rodney hatte mir eine Schachtel Papastratos geschenkt und noch ein kleines Fläschchen Ziporo abgefüllt.

Ich holte mir von Maria ein halbvolles Glas mit Wasser.

Meinen Espresso und den Grappa hatte ich bereits leergetrunken.

Ich füllte den Rest des Glases mit Ziporo auf und trank ihn gemütlich in der Morgensonne.

Dazu rauchte ich eine Papastratos.

Irgendwann überkam mich dann, unausweichlich, doch jene Müdigkeit, gegen die jede Gegenwehr von Anfang an sinnlos erscheint.

Ich ging also in mein Zimmer und fiel dort in einen komaähnlichen Tiefschlaf, aus dem ich erst wieder erwachte, als es draußen bereits dunkel war.

Ich war durch Geräusche an meiner Zimmertür aufgewacht, konnte vor der Tür jedoch niemanden entdecken, als ich sie öffnete.

Scheinbar war mein Schlaf traumlos geblieben, jedenfalls konnte ich mich nach dem Aufwachen an keinen Traum erinnern.

Ich fühlte mich am ganzen Körper, wie unmittelbar nach einem alpinen Bergmarathon… und hörte in mir jetzt auch ganz laut die Stimme des „Pottlers": "Boah, ey! Dat is ja voll die Härte hier!"

Meine Balkontür war geöffnet.

Vom Meer klang das Tuckern von Fischkuttern herüber und auf der belebten Küstenstraße, die direkt am Hafen vorbeizog, rauschte der Verkehr.

Ich hatte Hunger und war neugierig, was in den beiden Briefen stand.

Nach einer eiligen Dusche zog ich mich an und nahm die Briefe mit in den Innenhof.

Dieser war zwar beleuchtet, aber außer mir saßen dort keine Gäste mehr.

Es war bereits einundzwanzig Uhr vorbei und den Anderen, im Restaurant waren schon noch Gäste, war es draußen wohl zu kühl geworden.

Es wehte ein nördlicher Wind.

Mich fror nicht übermäßig und so blieb ich im Innenhof.

Nach einiger Zeit kam Lakis raus. Er lächelte hintergründig und fragte dann, ob ich nicht auch lieber reinkommen möchte. Nachdem ich dies verneint hatte, bot er mir eine gemischte Fischplatte mit Beilagen an. Ich bestellte sie, dazu noch einen leichten Weißwein und eine große Karaffe mit Wasser.

Bevor das Essen kam, öffnete ich einen der beiden Briefe.

Er war von Jacky und enthielt, auf einen kleinen Zettel geschrieben, ihre Adresse und ihre Handy-Nummer und eine offene Einladung auf der Rückseite des Zettels…

Im anderen Brief war auch eine Adresse.

Sie war von Mary-Anne und Harry-Joe, die in einem Gebirgsdorf, etwa fünfundvierzig Kilometer von hier, Quartier bezogen hatten und mich dorthin einluden.

Alle waren in meiner Abwesenheit hier gewesen und hatten, unbemerkt, eine Einladung für mich in den Innenhof gelegt.

Sie müssen sich noch vor Sonnenaufgang, vermutlich ohne sich begegnet zu sein, in den Innenhof geschlichen haben, denn niemand hatte sie bemerkt, um ihren Brief für mich abzulegen.

„Warum wählten sie diesen geheimnisvollen Weg…?"

Jetzt brachte Lakis mir das duftende köstliche Essen, dem ich mich ausschließlich zuwenden wollte, ohne irgendeinen zusätzlichen Gedanken zu entwickeln…

Kaum hatte ich jedoch den ersten Bissen in meinen Mund geschoben und dazu ein kleines Schlückchen Weißwein getrunken, näherten sich meinem Tisch, aus dem Restaurant kommend, Johanna, Luigi, Rodney, Vincente und eine weitere, mir unbekannte Frau.

Wie sich schnell herausstellte, hatte Luigi sich heute frei genommen, Rodney heute Ruhetag und alle trafen sich dann bei Anita und Vincente, wo auch Johanna und die unbekannte Frau saßen.

Da kaum noch Gäste im Kaffee waren, hatte Anita zugesperrt und da sie nicht mitkommen wollte, beschlossen die verbleibenden Gäste in meine Pension zum Essen und Trinken zu gehen, in der Hoffnung, mich dort ebenfalls anzutreffen…

Ich musste laut lachen und bat sie alle, wenn ihnen nicht zu kalt draußen sei, an meinem Tisch Platz zu nehmen.

Vincente war noch erstaunlich nüchtern. Luigi musste ebenfalls schallend lachen. Alle anderen lächelten eher etwas verhalten.

Sie hatten bereits gegessen und holten ihre Getränke an meinen Tisch im Innenhof. Ich beeilte mich mit dem Essen und war aufgrund meines

Hungers, den hervorragenden Meeresfrüchten gegenüber sicherlich völlig unangemessen, in Windeseile damit fertig.

Lakis hatte die neue Lage schnell erkannt und brachte uns allen erst einmal einen doppelten Grappa, während Maria uns gleichzeitig eine große Karaffe ihres roten Hausweins und einige neue Gläser auf den Tisch stellte...

"Salute!"...

"Salute!"...

Ich hatte Rodney während unseres nächtlichen Gesprächs nur über die Gräfin und einige Ereignisse vorher berichtet.

Johanna und ihre Anwesenheit bei der Gräfin hatte ich nicht erwähnt.

Auch über Jacky hatte ich ihm nichts erzählt, allerdings von den Amerikanern und ihrer Suche nach den „Singenden Kindern".

Kurzum, wir konnten uns an diesem Tisch noch vorbehaltlos begegnen...

Johanna trug heute zerrissene bestickte Jeans, uralte Boots und eine bunte Leinenbluse, die über ihre Jeans hing. Ihre langen dunkelbraunen Haare lagen seitlich über ihre linke Schulter. Die Bluse hatte einen tiefen Ausschnitt und sie trug keinen BH. Sie hatte einen Tabak bei sich und rauchte Selbstgedrehte.

Mir gegenüber verhielt sie sich reserviert, aber Rodney und Luigi waren heute Abend scheinbar ihre Favoriten. Besonders mit Rodney versuchte sie immer wieder ins Gespräch und vor allem in Blickkontakt zu kommen.

Rodney war geschmückt mit einem knöchellangen beigefarbenen Leinengewand mit seitlichen Taschen. Es war mit arabischen Schriftzeichen bestickt. Seine langen roten Haare und sein noch längerer rötlicher Bart, dazu diese spitzen mittelalterlichen schwarzen Lederschnabelschuhe, vermittelten dem Betrachter leicht das Gesamterscheinungsbild eines Magiers oder Zauberers.

Luigi, der graugelockte Altkommunist, hatte, wie immer, seine stilvolle Sonnenbrille oberhalb der Stirn in die Haare gesteckt. Er war einer dieser durchtrainierten, braungebrannten, gutaussehenden älteren italienischen Intellektuellen der Achtundsechziger, Jeanstyp, mit einer hübschen, wesentlich jüngeren Frau, einem satten Vermögen, Arbeit war daher nur noch ein Hobby, und einem schwarzen Lamborghini hinter dem alten großen Bruchsteinhaus, in dem sie wohnten und ihr Lokal betrieben.

Dagegen wirkte Vincente mit seiner fleckigen schwarzen Stoffhose, dem weißen Hemd und seinen ausgelatschten schwarzen Lederschuhen, dazu die fettigen schwarzen schulterlangen Haare mit dem blass-grauen Säufergesicht ohne Bart, wie die Diktatur des Proletariats. Aber alle mochten diesen Vincente, genau so, wie er war, und nur das war wirklich wichtig.

Wer war nun aber die unbekannte hübsche kleine zierliche Frau mit den struppigen kurzen hellblonden Haaren, die ebenfalls mit am Tisch saß. Ihr Alter war schwer zu schätzen, vermutlich so zwischen fünfunddreißig und fünfundvierzig. Sie schien sich schon länger „im Süden" aufzuhalten, war braungebrannt, sprach Italienisch, schien aber, ursprünglich, eher aus einem anglophonen Land zu kommen.

Rodney bemerkte mein Interesse für diese Frau und stellte sie mir als seine Schwester Melissa vor, die auf Korfu lebte und ihn heute besuchte.

„Melissa will rund zwei Wochen bleiben und ist mit ihrem Motorrad gekommen, einer alten Norton…".

„Wenn Du uns demnächst besuchst, werden wir sicherlich noch einige sehr interessante Gespräche gemeinsam führen. Heute, glaube ich, sollten wir „das Thema" besser ausklammern und uns über andere Dinge unterhalten…".

Mir war sofort klar, was Rodney meinte und nickte ihm zustimmend zu.

Melissa saß mir gegenüber und reichte mir jetzt ihre Hand mit den Worten: „Hallo, Sven!". Sie konnte wirklich umwerfend lächeln…

Ich nahm ihre Hand und antwortete ihr: „Schön, Dich kennen zu lernen, Melissa…auf einen entspannten Abend!"

Der Abend entwickelte sich sehr entspannt, denn es wurde zunehmend unbeständig, deutlich kühler und Regen setzte ein.

Wir wechselten zwar noch gemeinsam ins Restaurant, doch schien das regnerische Wetter auch die Unternehmungslust aller Protagonisten deutlich zu begrenzen.

Es entstand sehr bald Aufbruchstimmung und nachdem die Rechnung beglichen war, verabschiedeten Maria und Lakis die Gäste.

Sie wirkten irgendwie erleichtert, konnten sie sich nun doch, witterungsbedingt, auch einmal früher zurückziehen.

Ich hatte mit ihnen vereinbart, mir für den nächsten Tag die Rechnung zu schreiben und ging noch kurz an den Strand.

Jetzt war ich bereits über zwei Wochen hier und es war zum ersten Mal richtig kalt und regnete heftig.

Das Wochenende war vorbei und der Ort wirkte still.

Nicht einmal Fischkutter waren zu hören, nur das Meer rauschte und die Brandung zischte über den feuchten Kies…

Ich ging nassgeregnet zurück zur Pension.

Im Restaurant brannte kein Licht mehr.

Auf dem Balkon meines Zimmers rauchte ich noch eine Zigarette, bevor ich mich schlafen legte.

Es war kurz nach Mitternacht, Montag.

Für Heute hatte ich geplant wieder auf die Bol d´Or zu steigen und weiterzuziehen…ins Gebirge.

15

Der Regen hatte aufgehört aber ein frischer Nordwind drückte Kälte durch meine geöffnete Balkontür.

Ich zog mir eine lange Baumwollunterhose, Wollsocken und einen dicken Pullover unter meiner Lederlatzhose an, stieg in meine Motorradstiefel und nahm den gepackten Tankrucksack, den Halbschalenhelm mit der Schweißerbrille und die schwere halblange Lederjacke mit zum frühstücken.

Ich rechnete bereits unter eintausend Metern mit Schnee im Gebirge.

Maria war erkältet und wirkte etwas mürrisch, als sie mir das Frühstück brachte. Sie sagte, Lakis liege mit einer Grippe und hohem Fieber im Bett und könne sich nicht von mir verabschieden.

Selbst das Frühstück schien heute in Abschiedsstimmung zu sein, denn die Croissants waren nicht gerade knusprig und der Espresso schmeckte etwas zu bitter.

Nachdem ich die Gesamtrechnung beglichen hatte, verabschiedete mich Maria sehr herzlich und ich fragte sie noch, ob sie vielleicht in der nächsten Zeit, wohl dann wieder sehr kurzfristig, ohne große Voranmeldung, nochmals ein schönes Zimmer für mich hätte, was sie überschwänglich bejahte.

Trotz anfänglicher Startschwierigkeiten, immerhin stand das Motorrad jetzt über zwei Wochen, lief die Maschine einwandfrei und bald traf ich im Gebirge auf den ersten, wenn auch geringen, Neuschnee.

Ein eisiger winterlicher Wind blies mir während der Fahrt anhaltend ins Gesicht.

Ich wollte Mary-Anne und Harry-Joe besuchen.

Bisher war der Schnee nur an schattigen Stellen am Straßenrand liegen geblieben und die Fahrbahn der schmalen Gebirgsstraße war schnee- und eisfrei.

Ich erreichte das abgelegene Gebirgsdorf gegen Mittag.

Die Bewölkung hatte aufgerissen und ich stellte die Maschine vor einem kleinen Bar-Restaurant in einer Seitengasse, in der Nähe des zentralen Platzes vor der Kirche, im oberen Ort, ab.

Es roch nach gebratenem Fleisch, wie sich dann herausstellte Lammbraten, und frisch gebackenem Brot. Zum Bar-Restaurant gehörte auch eine Bäckerei.

Draußen standen vier kleine Tischchen, an denen wegen der Kälte niemand saß. Mich fror, aufgrund meiner winterlichen Bekleidung, nicht, weshalb ich mich an eines der Tischchen draußen setzte.

Eine dicke „Mama" kam raus und brachte mir einen Aschenbecher.

Ich bestellte einen doppelten Espresso und eine große Portion gebratenen Lammbraten mit Gemüse und frischem Brot…

Das Essen schmeckte vorzüglich und die dicke Wirtin brachte mir, vergnügt lächelnd, noch eine Karaffe roten Hauswein und einen halben Liter Wasser. Zum Nachtisch aß ich ein gefülltes Hefegebäck und trank dazu noch einen Espresso.

Während ich nach diesem gustiösen Verwöhnprogramm die Rechnung bezahlte, die dicke „Mama" hatte mir noch eine Tüte mit gemischtem Gebäck geschenkt und bedankte sich herzlich, hörte ich ganz in der Nähe ein bekanntes Geräusch…und da bog sie auch schon genau in diese Seitengasse ein…Eine Harley näherte sich.

Es war Harry-Joe.

Mary-Anne war nicht bei ihm.

Er erkannte mich sofort und stellte sein Motorrad mit sichtbarem Abstand in der Nähe meiner Bol d´Or ab.

Nachdem er sich gestikulierend gesetzt hatte, begrüßte er mich lautstark, nicht ohne vorher noch erwähnt zu haben, dass er keine „fuckin´ japanese bikes" mochte…

Die Wirtin und Harry-Joe schienen sich bereits zu kennen und hatten sich freundschaftlich zur Begrüßung umarmt.

Harry-Joe stellte mir dann, zu meiner Überraschung, die „dicke Mama" als seine Schwester Patricia vor, die „lightyears ago" ihren

Mann Paolo, der auf einer Reise durch die USA war, kennenlernte und noch in den USA heiratete.

„Patricia ist promovierte Historikerin und war schon immer eine ausgezeichnete Köchin. Ihr Mann ist ebenfalls Historiker und zusätzlich noch gelernter Konditor und gelernter Koch. Die beiden verstehen sich bestens und leben als freie Wissenschaftler von Auftragsstudien und ihrem kleinen Restaurant."

„Mary-Anne und ich bewohnen hier, fast am Ende dieser Gasse, ein kleines Häuschen, das meiner Schwester und ihrem Mann gehört. Du bist herzlich eingeladen, Sven!"

Seine Schwester brachte uns jetzt einen gut eingeschenkten Grappa und ein Tellerchen mit Schafskäse und Oliven, dazu etwas Brot. Wir prosteten einander zu und während wir aßen wurden unsere Gläser von der Wirtin noch mehrmals nachgefüllt.

Bei etwas genauerer Betrachtung wirkte Harry-Joe hinter seiner Biker-Fassade heute bedrückt.

Ich sprach ihn darauf an und er erklärte mir nach kurzem Zögern, seine Frau sei gestern zu einer Höhle aufgebrochen, die in unwegsamem Gelände, etwa acht Kilometer vom Ort entfernt, in fünfzehnhundertachtzig Metern Höhe liege.

In der Höhle sollte eine kleine, ziemlich verfallene Basilika, mit geheimnisvollen Fresken, liegen...

„Mary-Anne hatte alles mitgenommen, was man für eine längere Bergtour braucht. Sie ist bis jetzt noch nicht zurückgekehrt. Ich habe heute die Nationalparkverwaltung verständigt, die auch einen Hubschrauber eingesetzt hat. Bisher fehlt von ihr jedoch jede Spur."

Wir hielten uns nicht mehr lange bei Patricia auf, inzwischen hatte uns auch ihr Mann Paolo begrüßt und sich zu uns gesetzt, und fuhren zur Nationalparkverwaltung, die am Ortseingang lag.

Der Hubschrauber war gerade auf einem kleinen Sportplatz, unmittelbar neben der Verwaltung, gelandet.

Ranger, Carabinieri und auch ein Notarztwagen warteten schon.

Als wir uns näherten, sahen wir, wie die intubierte, beatmete und offensichtlich bewusstlose Mary-Anne, Infusionen und ein Gewirr von Infusionsschläuchen hingen an ihr, gerade aus dem Hubschrauber in den Notarztwagen umgeladen wurde.

Noch ehe Harry-Joe von seiner Harley gesprungen und schreiend Richtung Notarztwagen gerannt war, brauste dieser schon mit schrecklichem Gejaule auf dem kleinen Gebirgssträßchen davon.

Ich fragte mich, warum sie in diesem Zustand nicht direkt zur Klinik geflogen wurde, es war ja offensichtlich auch ein Arzt an Bord, der sie notfallmedizinisch im Gebirge versorgt hatte.

Etwa fünfundzwanzig Kilometer entfernt, noch im Gebirge, gab es in einer Kleinstadt ein Krankenhaus.

Wir hatten sofort unsere Maschinen gestartet und folgten dem Notarztwagen.

Hinter uns hörten wir die heulende Sirene des Alfa-Romeo der Carabinieri.

Es war dunstig, teilweise nebelig geworden und die Gebirgsstrasse streckenweise kaum mehr zu erkennen.

Mir war jetzt klar, dass bei dieser schlechten Sicht der Hubschrauber nicht hätte zur Klinik weiterfliegen können…

Die scharfe Linkskurve wurde weder durch Verkehrszeichen rechtzeitig angekündigt, noch wäre sie im dichten Nebel früh genug zu erkennen gewesen.

In der eisigen Nebelsuppe hatte sich stellenweise Reif auf der holprigen schmalen Gebirgsstrasse gebildet, auch in dieser Kurve, wie sich plötzlich herausstellte.

Harry-Joe fuhr vor mir.

Er fuhr deutlich zu schnell und wäre schon mehrmals fast von der Strasse abgekommen…

In der Kurve verschwand er vor mir plötzlich irgendwo im Nebel.

Wir hatten etwa vierzehnhundertfünfzig Höhenmeter erreicht und befanden uns jetzt unmittelbar auf der Rückseite jenes Gipfels, zu dem Mary-Anne aufgebrochen war.

Die Höhle lag vermutlich von uns aus an der entgegengesetzten Seite des Gipfels, etwas unterhalb.

Die Carabinieri stoppten hinter meinem abgestellten Motorrad.

Wir suchten gemeinsam im dichten Nebel die Gegend um die Kurve ab, fanden jedoch weder Hinweise auf einen Unfall auf der Fahrbahn, noch an den Bäumen und Büschen in der Umgebung.

Es war gespenstisch still.

Jeder unserer Schritte erzeugte ein unheimliches, schwaches Echo.

Es war unnatürlich kalt und uns allen war spürbar unwohl an diesem Ort.

Die beiden Carabinieri gingen zu ihrem Steifenwagen, um Verstärkung und Suchhunde anzufordern.

Es ließ sich jedoch keinerlei Funkkontakt herstellen und auch ihre Handys versagten, bei meinem war der Akku leer.

Uns war klar, dass wir hier, trotz des verschollenen Harry-Joe, besser sofort verschwinden sollten, solange sich uns dazu noch die Gelegenheit bot.

Der Alfa der Polizisten sprang nicht mehr an.

Die gesamte Elektronik schien ausgefallen zu sein.

Meine Bol `d Or ließ sich starten und wir stiegen zu Dritt auf mein Motorrad.

Vorher hatten die Beiden noch mehrere volle Wechselmagazine für ihre Schusswaffen aus dem Alfa mitgenommen und entsicherten ihre Waffen, bevor sie zu mir auf die Maschine stiegen.

Es war schwierig zu fahren und der Nebel wurde noch dichter.

Hinter der Kurve huschten Schatten am Fahrbahnrand vorbei.

Dazu gehörende Personen oder Tiere sahen wir jedoch keine.

Nur die Geräusche meines Motorrades waren zu hören.

Es war totenstill und niemand fuhr hinter uns oder kam uns entgegen…

Wir fuhren fast eine Stunde im Schritttempo durch dichten eisigen Nebel, als er aufriss und strahlender Sonnenschein durchbrach.

Das Wetter schien sich zu ändern.

Es war plötzlich sonnig, wieder deutlich milder und ein tiefblauer Himmel empfing uns.

Ich hatte zeitweise schon den Eindruck gehabt, wir wären im Nebel vielleicht irgendwo falsch abgebogen und hätten uns verfahren.

Doch jetzt passierten wir gerade das Ortsschild der Kleinstadt mit dem Krankenhaus.

Wir hielten kurz an und die beiden Polizisten verständigten über ihre wieder funktionsfähigen Handys die örtliche Polizeiwache, mit der Bitte, ihnen ein Einsatzfahrzeug an den Ortseingang zu schicken.

Der eine wollte am Ortsschild auf seine Kollegen warten, während der andere mit mir auf dem Motorrad weiter mit zum Krankenhaus fuhr.

Das Krankenhaus, ein grauer hässlicher Betonklotz, lag am Stadtrand auf einem Hügel.

Die äußerlich sehr abgehalftert wirkende Klinik erschreckte den herannahenden Betrachter.

Auf einem Platz neben der „Notaufnahme" standen dicht gedrängt etliche rostverzierte Rettungsfahrzeuge, deren geschätzte durchschnittliche „Lebenserwartung" vermutlich bereits mindestens um das Doppelte überschritten war.

Von Innen wirkte die Klinik dann erstaunlich professionell und von ihrer Gestaltung durchaus ansprechend.

Der Polizist ging zur Information und meldete uns an.

Wir sollten im Kaffee warten, wo wir von einer Ärztin abgeholt würden.

Wir tranken dort einen Espresso auf der dazugehörigen Terrasse und rauchten dazu genüsslich.

Es war schon Spätnachmittag und die Sonne ging langsam unter.

Nach einer halben Stunde kam die Ärztin und setzte sich, nach knapper Begrüßung, zu uns an den Tisch.

Sie zündete sich eine Zigarette an.

Sie war etwa vierzig Jahre alt, klein, hatte rötlich gefärbte Haare mit grauen Strähnchen, trug eine hochwertige Designer-Brille und schwarze Schuhe mit hohen Absätzen.

Sie hatte ein hübsches Gesicht mit den ernsten Zügen der geschliffenen Medizinerin in leitender Funktion.

Sie war vermutlich leitende Oberärztin oder Chefärztin und fuhr kein italienisches Luxusauto, sondern einen Porsche…

Sie stellte sich uns als Frau Professor Dr. Dr. Klara Antinori vor.

„Ich bin die leitende Anästhesistin und Chefärztin der notfallmedizinischen Bereiche der gesamten Klinik, wozu auch zwei große je Vierzehnbetten-Intensivstationen gehören."

„Die Klinik ist Ausbildungszentrum und akademisches Lehrkrankenhaus und verfügt über vierhundertachtzig Betten verschiedener medizinischer Fachbereiche."

„Zur Klinik gehört ein ausgezeichnet ausgestattetes Rettungszentrum mit zwei Notarztwagen und zwei notarztbesetzten modernen Hubschraubern, die auch nachtflugtauglich sind, von denen ein Notarztwagen und ein Hubschrauber vierundzwanzig Stunden, rund um die Uhr, ganzjährig besetzt werden."

„Darüber hinaus gibt es noch eine Fülle älterer Krankentransportfahrzeuge", womit wohl die neben der Notaufnahme gemeint waren.

Nach diesem Kurzüberblick, die Frau Doktorin wollte uns scheinbar versichern, dass auch Schwerkranke in dieser Klinik sehr gut versorgt werden konnten, fragte mich die Ärztin mit ernstem Gesichtsausdruck, in welchem verwandtschaftlichen Verhältnis ich zu Mary-Anne stünde und ob ich den Anblick einer „sehr sehr kranken Intensivpatientin" ertragen würde.

Ich erklärte ihr, dass ich lediglich ein Urlaubsbekannter war, jedoch, insbesondere auch nach dem heutigen mysteriösen Verschwinden Harry-Joes, sie gerne auf der Intensivstation besuchen würde. Die Ärztin willigte ein.

Der Carabinieri verabschiedete sich schnell von uns und hatte offensichtlich nicht den Wunsch, auf die Intensivstation mitzukommen.

Wir mussten durch eine Schleuse in nach Geschlecht getrennte Umkleideräume gehen und uns blaue OP-Kleidung und Gummi-Schuhe anziehen, dazu einen bunten Haarschutz aufsetzen und einen Mundschutz umbinden.

Wir liefen beim Betreten der Intensivstation über eine feuchte Matte mit Desinfektionsmittel und erreichten über einen Mittelgang die große „Box", in der Mary-Anne, angeschlossen an diverse Geräte, kontrolliert beatmet, im „künstlichen Koma" lag. Bevor wir den Raum betraten, zogen wir den

Mundschutz über die Nase und desinfizierten unsere Hände.

Im Raum roch es süßlich nach verwesendem Fleisch.

Auf einer Ablage standen mehrere Deosprays, wohl, um gelegentlich die Raumluft etwas „zu verbessern".

Mary-Anne war nackt und nur mit einem blauen OP-Tuch bedeckt, auf Schaumstoff gelagert, wie eine Schwerbrandverletzte.

„Sie wird regelmäßig umgelagert und mit Desinfektionslösung abgetupft. Sie hat keinerlei Verbrennungen oder Erfrierungen", erläuterte mir die Ärztin.

Ich hatte mich ihr nicht als Berufskollege vorgestellt und auch nicht die Absicht, dies noch nachzuholen.

„Sie verfault bei lebendigem Leibe und nimmt gleichzeitig aber immer mehr den lederartigen Zustand einer Mumie an…sie verfault und vertrocknet gleichzeitig. Ich habe noch nie eine solche Kranke gesehen. Wir können nichts für sie tun, außer sie in Vollnarkose zu belassen, in der sie wohl auch heute Nacht sterben wird."

Die Ärztin starrte entsetzt auf die sterbende Mary-Anne und schwieg.

Auch mir fehlten bei diesem Anblick jegliche Worte.

Ihre Augen waren mit feuchten Tupfern bedeckt.

Ihre Haut war lederartig und bräunlich-schwarz, wie bei einem Schwerstbrandverletzten.

An verschiedenen Körperstellen waren tiefe Entlastungsschnitte vorgenommen worden, aus denen eine dunkle, übelriechende Brühe lief.

Ich war kurz davor, mich übergeben zu müssen und verließ wortlos den Raum und fluchtartig die Intensivstation…

„Was ging hier vor?", fragte ich mich immer wieder und hatte auch eine vage, aber unheimliche Vermutung.

In der Lobby der Klinik waren inzwischen eine Vielzahl Polizisten versammelt.

Ein Rettungshubschrauber war zu einem Nachtflug gestartet, um Harry-Joe zu suchen und ein weiterer nachtflugtauglicher Militärhubschrauber kreiste bereits über dem Gebiet, wo wir ihn verloren hatten.

Es war schon dunkel, aber dafür hatte sich der Nebel, laut Information auch im Suchgebiet, inzwischen aufgelöst.

Seit gestern war Vollmond und der Himmel jetzt sternenklar.

Ich nahm mir in der Altstadt ein Zimmer und hinterließ weder bei den Carabinieri noch im Krankenhaus meine Adresse.

Meinen Ausflug ins Gebirge hatte ich mir vollständig anders vorgestellt und beabsichtigte zu diesem Zeitpunkt eher nicht, irgendwann in das kleine Bergdorf zurückzukehren, in dem Mary-Anne und Harry-Joe wohnten.

Eine innere Stimme deutete mir an, dass Harry-Joe unseren heutigen „Ausritt" nicht überlebt haben könnte…

Damit wären beide Sucher der „singenden Kinder" morgen wohl zu ersten tödlichen Opfern ihrer gefährlichen Suche geworden…

16

Ich ging in eine Musik-Bar und trank bis in die frühen Morgenstunden, ohne danach wirklich noch zu wissen, mit welchen verschiedenen Menschen ich mich eigentlich die ganze Zeit unterhalten hatte.

Die Musik hatte mich ebenfalls wenig beeindruckt.

Irgendwie fand ich danach sogar, ohne mich groß zu verlaufen, in meine Pension zurück.

Nach kurzem Rauschschlaf machte ich mich frisch und begab mich in den mit einer Glaskuppel überdachten Frühstücksraum, wo neben weiß gedeckten Tischen auch verschiedene exotische Gewächse standen.

Es war eine große, alte Jugendstilvilla, in der ich mich einquartiert hatte.

Verschnörkelte Silberkännchen, altes Porzellan und Besteck inszenierten liebevoll das vorzügliche und reichhaltige Frühstück, das von einem schwarzgekleideten Ober stilvoll serviert wurde…hier wehte noch ein Hauch der „feineren Gesellschaft".

Um Zeitungen zu lesen, ging ich später in den Salon.

Heute rauchte ich die Zigarre, die mir der Ober nach dem Frühstück anbot. Dazu trank ich aus einem großen bauchigen Schwenker einen Brandy.

Auf der Titelseite der örtlichen Tageszeitung wurde heute ausführlich über die Suche nach Harry-Joe berichtet.

Er war mit seinem Motorrad in einem Tal, unterhalb der besagten Kurve, gefunden worden.

Sein Motorrad war nahezu unbeschädigt und äußerlich hatte auch er, bis auf kleinere harmlose Kratzer, keine sichtbaren Verletzungen.

Trotzdem war er tot.

Sein Genick war gebrochen…

In einem kleinen Artikel, auf der vorletzten Seite, wurde berichtet, dass eine Amerikanerin kurz nach Mitternacht im Krankenhaus an einer unbekannten, aber nicht ansteckenden Krankheit auf der Intensivstation verstorben sei. Mir war klar, dass es sich hierbei nur um Mary-Anne handeln konnte.

Die Zigarre hatte mich wenig begeistert.

Ich ließ sie im Aschenbecher ausgehen und stieg auf Zigaretten um.

Ich bestellte noch einen Brandy und legte die Zeitung beiseite.

Am Nachbartisch saß eine durchtrainierte, mittelgroße Frau, deren Alter ich auf Mitte Fünfzig schätzte.

Sie hatte sich „gut gehalten" und wirkte intellektuell, eher wie eine introvertierte Einzelgängerin.

Vor ihr war auf dem Tisch eine große Karte ausgebreitet.

Wie sie gekleidet war, ihr gepackter Rucksack stand neben ihr an den Tisch gelehnt, plante sie sicher eine Bergtour.

Vor ihr lag ein Tabak auf dem Tisch und sie rauchte gerade eine Selbstgedrehte, während sie mit einem Stift Orte in der Karte markierte.

Auf der Karte lag ein kleines Notizbuch.

Auf einem winzigen Aufkleber, er war von mir aus jedoch noch gut zu erkennen, stand handschriftlich in Deutsch „magische Orte".

Wir waren die Einzigen im Salon.

Sie hatte meine Neugierde längst bemerkt und sagte plötzlich in fließendem Italienisch zu mir „Ich bin die Elisabeth, und Du…?".

Ich sah scheinbar inzwischen wie ein echter Süditaliener aus.

Ich antwortete ihr auf Deutsch „Ich bin Sven".

Sie wirkte überrascht und fragte gleich „Bist Du etwa kein Italiener?"

„Nein", entgegnete ich ihr, „ich bin der Sven aus Duisburg".

„Und was machst Du hier, Sven?"

„Reisen, Leben und Relaxen", antwortete ich ihr.

Sie schien, entgegen meiner Anfangsvermutung, ein sehr kommunikativer Mensch zu sein, denn sie setzte sich jetzt, unaufgefordert, an meinen Tisch.

Ich nutzte die Gelegenheit und fragte sie, ob sie eine Bergtour plane und fragte direkt weiter, ob sie in dieser Gegend nach magischen Orten suchte.

Sie schaute mich entsetzt an und fragte, wie ich darauf käme.

Ich zeigte auf ihr Notizbuch.

Sie ließ es schnell in ihrem Rucksack verschwinden.

Die ausgebreitete Karte lag weiterhin auf dem Nachbartisch und ich stand jetzt blitzartig auf, um einen Blick hineinzuwerfen.

Elisabeth konnte sie nicht schnell noch, bevor ich hineinblickte, zusammenfalten.

Was ich sah, beunruhigte mich außerordentlich.

Die hochauflösende große topographische Karte, sie hing deutlich über den Rand des Tisches, zeigte eine Fläche von etwa fünfundsiebzig mal fünfundsiebzig Kilometern, einschließlich Teile der Küste.

Sie hatte das Gebiet um den Gipfel mit der Höhle markiert und den Fischerort, in dem ich mehr als zwei Wochen war.

Außerdem zeigte die Karte am Rand auch noch den Ort und das umliegende Gebiet, in dem ich Julietta kennen lernte und ganz am Rand sogar noch die Gegend um Jackomos Bauernhof.

Elisabeth merkte, „dass sich die Dinge verselbständigt hatten" und ergriff die Flucht nach vorn.

„Was machst Du wirklich hier, Sven…ich meine außer Reisen, Leben und Relaxen?"

Ich holte, ohne zu antworten, die örtliche Tageszeitung und legte sie, mit der Titelseite nach oben, quer über ihre Karte.

„Warum machst Du das, Sven…?"

„Weil auf der Titelseite und der vorletzten Seite Antworten und Warnungen für Dich stehen, Elisabeth! Du suchst offensichtlich nach Orten, die Aufschrift auf Deinem Notizbuch und die Markierungen in der Karte legen den Verdacht nahe…nach denen diese Beiden, sie hießen Mary-Anne und Harry-Joe, auch gesucht haben. Sie haben aber nicht nur nach Orten gesucht… und haben ihre Suche mit ihrem Leben bezahlt…".

Elisabeth hatte die Zeitung noch nicht gelesen und kannte auch die Umstände des Todes der beiden Amerikaner nicht.

Sie starrte mich an und ich bat sie, wieder an meinem Tisch Platz zu nehmen und offen mit mir zu reden.

Wir kannten uns nicht, trotzdem hatte scheinbar jeder von uns dem Anderen gegenüber ein intensives intuitiv gutes Gefühl.

Wir wollten einander offensichtlich vertrauen.

Als der Ober wieder den Salon betrat, bestellten wir noch einen Espresso und rauchten dazu eine Zigarette.

Elisabeth hatte die Karte zusammengefaltet und in ihren Rucksack gesteckt.

Sie sagte jetzt, dass sie ihren Plan, heute eine Bergtour zu unternehmen, aufgegeben habe.

„Es sind nicht viele Leute im November hier."

„Das Wetter ist zum Berggehen und Erkunden der Gegend meist noch ideal. Du findest Stille, betrachtest, gehst".

„Ich komme aus der Nähe von Freiburg und war Gymnasiallehrerin. Meine Fächer waren Kunst und Geschichte."

„Mein verstorbener Mann war Lehrer am gleichen Gymnasium."

„Wir haben keine Kinder."

„Wir interessierten uns schon viele Jahre gemeinsam für Märchen, spukhafte Plätze, Zauberei und Magie und bereisten in den Ferien gerne geheimnisvolle Orte."

„Mein Mann kam vor fünf Jahren mit seinem Motorrad nachts von der Fahrbahn ab und stürzte vermutlich in den Rhein."

„Er und das Motorrad wurden nie gefunden."

„Ich hatte seinen Tod nicht verkraftet, hörte jahrelang Stimmen und war mehrfach monatelang in psychiatrischen Kliniken. Ich bin seit einem Jahr frühpensioniert und reise gerne nach Süditalien."

„Ich war früher Arzt und hatte eine Professur für Kinderheilkunde."

„Vor zwei Jahren bin ich, nach dem Selbstmord meiner letzten Frau, ich war vorher bereits zweimal verheiratet und habe eine erwachsene Tochter, komplett ausgestiegen und Privatier geworden."

„Ich bin gerne „im Süden" und habe hier in den letzten Wochen erstaunlich angenehme aber auch erstaunlich unheimliche Erlebnisse gehabt".

Elisabeth hatte rehbraune Augen und lächelte mich nun schweigend an.

Sie trug kurze graue Haare und eine Goldrandbrille.

Es war fast schon Mittag.

Wir entschlossen uns, nachdem sie sich umgezogen hatte, sie war offensichtlich Jeanstyp und trug dazu ein schwarzes T-Shirt und eine verwaschene Jeansjacke, kurz über den Wochenmarkt, der jeden Dienstag in der oberen Altstadt abgehalten wurde, zu bummeln und danach irgendwo gemütlich Essen zu gehen.

Wir vereinbarten, erst nach dem Essen, bei einem guten Glas Wein, über „magische Orte" zu sprechen…

Von einem Bergbauern kauften wir auf dem Markt einen kleinen runden Schafskäse und am Nachbarstand Wildschweinsalami, schwarze Oliven, Brot und mehrere Flaschen Rotwein.

Der Marktplatz lag nur wenige Gehminuten von unserem Hotel entfernt und wir ließen unsere „Beute" in einen Karton packen und trugen diesen gemeinsam vor dem Essen in Elisabeths Zimmer.

Es lag parterre und hatte zum Innenhof eine kleine Terrasse.

Mein Zimmer hatte einen Balkon, von dem aus man einen schönen rundum Blick über die Stadt und das umliegende Gebirge hatte. Es war im ersten Stock.

Wir kannten uns gerade erst und hatten scheinbar beide das Gefühl, mit einem langjährigen Partner auf Reisen zu sein.

Ich fühlte mich wohl und Elisabeth wirkte ebenso…

In einer schmalen Seitengasse entdeckten wir zwei blau gestrichene Holztische mit alten Holzstühlen vor einem kleinen Restaurant.

Es war sonnig und am blauen Himmel keine Wolke zu entdecken.

Die Außentemperatur lag um die achtzehn Grad und wir nahmen draußen an einem der Tischchen Platz.

Ein kleiner älterer Mann, er trug eine halblange Küchenschürze, kam heraus, begrüßte uns freundlich und legte eine weiße Tischdecke auf.

Vermutlich seine Frau, brachte Essig und Öl, einen Korb mit Knusperstangen und danach noch Gläser und einen Aschenbecher.

Dann erläuterte er uns die heutige Speisekarte.

Wir entschieden uns für eine große Platte mit gegrillten Süßwasserfischen für zwei Personen.

Dazu gab es gemischten Salat und Weißbrot.

Wir bestellten dazu gemeinsam eine große Karaffe offenen leichten Weißwein und einen Liter Wasser.

Das Essen schmeckte vorzüglich.

Zum Nachtisch aßen wir ein Orangen-Bergamotte-Parfait, garniert mit Zitronenmelisse-Blättern.

Beim nachfolgenden Espresso rauchten wir eine Papastratos, von denen ich noch einige in der Schachtel hatte.

Es war kurz vor drei, als wir die Rechnung bezahlten.

Am Marktplatz hatten wir vor dem Essen ein kleines Kaffee entdeckt und gingen dorthin.

Wir setzten uns etwas abseits, alleine, an ein kleines rundes Blechtischchen in die Sonne und bestellten ein Glas Rotwein.

Elisabeth hatte ihr kleines Notizbuch mitgenommen und legte es auf den Tisch.

„Da, Sven, schau rein, wenn Du willst…!"

Ich war überrascht und neugierig zugleich, im Bauch spürte ich ein dumpfes Ziehen, als ich es aufschlug.

Es war in Stenographie geschrieben und enthielt eine Vielzahl von Zeichnungen und Skizzen aus dieser Region.

Und da waren sie…abgebildet auf einem mit Bleistift nachgezeichneten Fresko, um einen Sarkophag stehend, die „singenden Kinder"…

Ich war wie elektrisiert und fragte Elisabeth aufgeregt, ob sie dieses Fresko gezeichnet hätte und wo sie es entdeckt hatte.

„Das Notizbuch gehörte meinem verstorbenen Mann."

„Die darin beschriebenen Gegenden hatte er während einer mehrwöchigen Motorradtour alleine bereist."

„Ich habe dieses Fresko selbst noch nie gesehen und auch keinen blassen Schimmer, was genau es abbildet. Es dürfte aus dem Mittelalter, so um die Zeit Friedrichs des Zweiten, stammen."

„Es wird auch eine alte Abtei in dem Notizbuch erwähnt, in der Nähe eines kleinen Dorfes und alte Gebäude und die Kirche in einem Fischerdorf."

„Als ich noch Stimmen hörte, hatte ich Angst, in dieses Notizbuch zu schauen."

„Sie hatten es mir verboten."

„Ich glaubte, dass die Stimmen, die ich jahrelang hörte, nicht nur krisenhaft interpretiert werden durften, sondern direkt etwas mit dem Tod und Verschwinden meines Mannes zu tun hatten."

„Ich höre sie seit längerer Zeit, auch ohne Medikamente, nicht mehr und bin daher erst vor kurzem dazu in der Lage gewesen, das Notizbuch aufzuschlagen, zu lesen und in diese Gegend zu reisen."

„Mein Mann hatte seine Motorradtour unmittelbar vor seinem Verschwinden beendet. Er war erst drei Tage wieder zu Hause. Ich habe mir vorgenommen, alle in diesem Notizbuch beschriebenen Orte zu besuchen. Vielleicht finde ich ja hier einige Antworten oder Hinweise zum Verschwinden meines Mannes…".

Mich fröstelte, obwohl wir in der Sonne saßen und ich fragte mich, warum eigentlich mir, trotz meiner inzwischen umfangreichen Informationen über unheimliche Ereignisse in dieser Gegend, bisher nichts zugestoßen war.

Scheinbar verkörperte ich etwas, dem „sie" nichts anhaben wollten oder konnten.

„War ich vielleicht ein „Zauberer"?"

Darüber hatte ich bisher nie ernsthaft nachgedacht.

Sicherlich hatte ich den überwiegenden Teil meines Berufslebens lang mit Krankheiten und deren Heilung zu tun.

Ich war ein „aufgeklärter Schulmediziner", der sich zwar auch mit alternativen Heilweisen auskannte, aber deswegen noch lange kein Schamane war.

Ich war immer Beziehungschaot, wollte nicht zusammen- und nicht alleine sein, fühlte mich unendlich einsam und war stets der kleine Junge geblieben, der nach dem Sinn dieses Lebens und einer schöneren Welt suchte…

Ich fühlte mich vor dieser Reise oft wie ein überreifer, abgehangener Lebensschinken, den schon die dicken schwarzen Fliegen besuchten und bald die Maden fressen würden…

Erst hier, „im Süden", spürte ich mich wieder „angekommen"…

Ich war fest entschlossen, „das Thema", wie Rodney es zuletzt umschrieben hatte, genau im Blick zu behalten und in all seinen Facetten zu ergründen.

Ich war auf keiner Rückreise mehr…ich war jetzt „hier".

Elisabeth zitterte und weinte.

Ich rückte neben sie, nahm sie in den Arm und versuchte, sie zu trösten.

Sie hatte ja überhaupt nicht die leiseste Ahnung, womit sie es hier zu tun hatte.

Allein schon von diesem Notizbuch, der Tatsache seiner Existenz, konnte durchaus die größte Gefahr für sie ausgehen. Sie schien dies jetzt auch überdeutlich zu spüren.

Wir sprachen nicht mehr weiter über den Inhalt des Notizbuches.

Wir bestellten uns noch ein Glas Rotwein und beobachteten einige Zeit die Menschen auf dem Markt.

Wir schwiegen, während wir an diesem Ort die Zeit verloren, rauchten noch die eine oder andere Zigarette und spürten in uns etwas Gemeinsames, etwas Friedliches.

Wir hatten unseren Wein vergessen, es dämmerte schon, während unsere Gläser kaum angetrunken, fast voll, waren.

Wir zahlten und gingen zurück zum Hotel.

Das Hotel war in mehreren Etagen an den Berg gebaut, so dass Elisabeths kleine Terrasse, umgeben von steilem Fels, ausschließlich von ihrem Zimmer begangen werden konnte, ein kleines Refugium, zu dem andere keinen Zutritt hatten.

Einige Büsche drängten sich am Rand an den Fels.

Hier war ein idealer Platz, um Geheimnisse auszutauschen.

Sie lud mich zu ihr ein.

Wir hatten etwas zu essen und guten Wein.

Wir setzten uns bei Kerzenlicht, es war inzwischen dunkel, auf die windstille Terrasse.

Der Bergkäse schmeckte sehr würzig, ähnlich wie auch die großen dunklen Oliven.

Der gerade geöffnete Rotwein musste noch „atmen".

Elisabeth schaute mich fragend an.

Ich bot ihr noch eine Papastratos an und suchte nach einem „Anfang".

Ich entschied mich dann für eine zusammengefasste „Kurzversion" meiner Erlebnisse der letzten Wochen.

Sie hörte mir fasziniert zu und drehte sich mehrmals eine Zigarette, ohne auch nur ein Stück Käse, Oliven oder Brot zu essen, gelegentlich nippte sie kurz an ihrem Weinglas.

Bei mir war das ganz anders. Ich aß und trank fast gleichzeitig, während ich erzählte.

Es dauerte, trotz Zusammenfassung Stunden und war schon fast Mitternacht, bevor wir endlich dazu kamen, uns über dieses Notizbuch genauer zu unterhalten.

Elisabeth hatte es mehrfach komplett durchgearbeitet und zu den dort beschriebenen Orten und Gegenden, soweit erhältlich, weiterführende Informationen gesammelt.

Die beschriebenen Orte hatte sie in eine detailgetreue hochauflösende Geländekarte eingetragen oder darin markiert.

„Bis eben noch, bis zu unserer Begegnung, hielt ich dieses Notizbuch für eine Art apodemisches Tagebuch, einen doch eher harmlosen handschriftlichen Esoterik-Reiseführer meines Mannes für diese Region. Die von mir gehörten Stimmen und die fixe Idee, dieses Buch könne mir vielleicht Antworten zum Verschwinden meines Mannes geben, empfand ich vorher doch eher als Bestandteil meiner langjährigen psychischen Krankheit. Inzwischen besteht für mich jedoch kaum ein Zweifel mehr daran, dass es sich bei diesem Notizbuch um ein Fahndungsprogramm zur systematischen Enttarnung und zum Aufspüren, vielleicht sogar um ein verschlüsseltes Handbuch zu ihrer Vernichtung, der „singenden Kinder" handeln muss."

Wir tranken noch einen Schluck Rotwein und ich fragte Elisabeth, ob sie finanziell oder zeitlich derzeit eingeschränkt sei, was sie verneinte.

Da Elisabeth jahrelang „nur" Stimmen hörte, also noch lebte, von denen sie sich sogar wieder aus eigener Kraft, ohne Medikamente, befreien konnte, sie sogar dieses hoch brisante Notizbuch vor fremdem Zugriff jahrelang schützen konnte, legte das den dringenden Verdacht nahe, dass auch Elisabeth über jene „Zauberkräfte" verfügte, die sowohl sie, als auch mich bisher zu schützen schienen…

Wir beschlossen, uns zu verbünden und solange in dieser Region zu bleiben, bis wir die „Rätsel" der „singenden Kinder" gelöst hatten und ihren offensichtlich bösen schwarzmagischen Zauber endgültig bannen konnten.

„Wir werden das keinesfalls zu Zweit schaffen, wir brauchen noch weitere Verbündete", gab ich ihr zu bedenken.

Sie sah dies ähnlich.

Ich hatte ihr auch von meinen Freunden, zum Beispiel Rodney, im Fischerdorf erzählt.

Details über die Ereignisse, zum Beispiel mit der Gräfin, Johanna, Jacky oder auch mit Julietta hatte ich bisher vermieden.

Ich wies sie deshalb darauf hin, dass es noch viele unheimliche Details zu besprechen gäbe, bevor wir einen genaueren Plan entwickeln könnten.

Wir entschieden uns, noch einige Tage in unserer stilvollen Residenz zu bleiben und von hier aus bereits einige „Besichtigungstouren" zu unternehmen.

Mir war klar, dass ich Jackys Einladung in nächster Zeit wohl nicht folgen würde.

Elisabeth wirkte erschöpft und wir beschlossen, uns nach der nächsten Zigarette schlafen zu legen.

17

Ich hatte keine wirklich treffende Erklärung dafür, warum mir Elisabeth jetzt unbedingt noch ein Photo von ihrem verstorbenen Mann zeigte…sie tat es einfach.

Was, besser, wen ich da sah, schlug in mich ein wie ein Blitz,…was ihr nicht verborgen blieb, ich ihr aber nie und nimmer beantworten wollte.

Es war Frank, als er noch lebenslustig, braungebrannt und „richtig lebendig war"…

Er hatte „Sie" vermutlich bereits vor seinem Verschwinden, vielleicht sogar Tod, getroffen und dieses Notizbuch verfasst…um nach seinem „Tod" wieder hierher zurückzukehren.

„Wer oder was war dieser Frank, den ich getroffen hatte, jetzt?"

„War es ein Untoter, ein Wiederauferstandener, ein Zombie oder einfach irgendein Irrer oder Frustrierter, der mit seinem Motorrad nachts „mal kurz Zigaretten holen" gefahren ist?"

Mit diesem Wahnsinn im Kopf begab ich mich, wie in Trance, in mein Zimmer und fiel bald in einen Tiefschlaf.

Ich erwachte gut erholt und hatte scheinbar nichts geträumt.

Ich nahm ein Schaumbad in der großen Wanne.

Heute wollte ich, trotz aller zu vermutenden Risiken, zu dieser Höhle im Gebirge aufsteigen und die Fresken und die alte halb verfallene Basilika in der Höhle mit eigenen Augen sehen und die Umgebung erkunden.

Ich hoffte, das Elisabeth den Mut hatte, mitzukommen oder mir wenigstens das Notizbuch ihres Mannes lieh.

Ich zog mir bereits vor dem Frühstück entsprechende Kleidung an und packte einen Rucksack.

Dann ging ich zum Frühstücken.

Elisabeth saß bereits allein an einem Tisch und war ebenfalls wie für eine Bergtour gekleidet.

Ich begrüßte sie und fragte, ob ich mich zu ihr setzen dürfte, was sie freundlich lächelnd bejahte.

Sie fragte mich sofort als nächstes, ob ich heute auch „zu dieser Höhle gehen möchte".

Ich konnte nur überrascht mit „ja" antworten und sie entgegnete mir sofort: „Dann gehen wir doch zusammen, Sven".

„Gerne", antwortete ich.

In diesem Moment kam der Ober mit einem Gedeck für mich und brachte auf einem Servierwagen unser Frühstück.

Wir verzichteten auf die Zigarre nach dem köstlichen Frühstück und sonstige Genüsse, holten unsere Rucksäcke und gingen zu einer in der Nähe gelegenen Bushaltestelle.

Etwa sechzehn Kilometer entfernt, im Gebirge, lag ein kleines Dorf im Nationalpark.

Es war auf etwa eintausendvierhundertfünfzig Höhenmetern, ziemlich in der Nähe der Höhle, gelegen.

Warum Mary-Anne nicht diesen wesentlich kürzeren und einfacheren Weg gewählt hatte, blieb wohl für immer ihr Geheimnis...

Als wir den Ort erreichten, wünschte uns der Busfahrer erstaunlich gestenreich „viel Glück und den persönlichen Schutz der Gottesmutter", bevor wir ausgestiegen waren.

Wir waren darüber beide sehr überrascht.

Die Überraschung setzte sich bei mir unmittelbar fort, als ich in meine Jackentasche griff und plötzlich Jackys Einladung in meiner Hand hielt.

Ich stellte, als ich kurz draufschaute, entsetzt fest, dass wir uns exakt in dem Ort befanden, wo Jacky mit Frank wohnte.

Der Ort wirkte düster und vollständig ausgestorben.

Viele Häuser waren halb verfallen.

Wir kamen an einem Laden, der geschlossen hatte und einem Kaffee vorbei.

Das Kaffee lag, wie oft in kleinen Bergdörfern, am Kirchplatz.

Wir setzten uns draußen an ein rostiges Blechtischchen, um einen Espresso zu trinken und eine Zigarette zu rauchen, bevor wir in Richtung Höhle aufbrachen.

Eine unfreundliche, schwarz gekleidete alte Frau kam heraus und grunzte uns an, was wir wollten.

Der in unsauberen Tassen servierte „Espresso" schmeckte grauenhaft.

Wir ließen ihn stehen, legten schnell das Geld auf den Tisch, drückten die Zigaretten aus und brachen Richtung Höhle auf.

Jacky und Frank waren scheinbar nicht zu Hause, als wir an ihrem düsteren, baufälligen Haus vorübergingen.

Elisabeth ahnte nichts…

In der Nähe des Hauses spürten sowohl Elisabeth, als auch ich eine ausgesprochene Kälte, die unmittelbar danach wieder verschwand.

Wir befanden uns jetzt nicht nur in der näheren Umgebung der Höhle mit den Fresken, sondern auch die spukhafte alte Abtei war nicht mehr allzu weit entfernt…

Zwar war der Aufstieg zum Gipfel markiert, nicht jedoch derjenige zur Höhle.

Wir hatten fast den Gipfel erreicht, bevor uns auffiel, dass wir uns deutlich verlaufen hatten.

Wir konnten uns, laut Elisabeths Karte, nur etwa dreihundertfünfzig Höhenmeter direkt oberhalb der Höhle befinden.

Um Zeit zu sparen, wählten wir einen steilen Klettersteig nach unten.

Am Gipfel lag nur wenig Schnee und der Klettersteig war noch schnee- und eisfrei.

Wir waren beide trittsicher und hangelten uns, teilweise mussten wir extrem in die Hocke gehen, um nicht das Gleichgewicht und den Boden unter den Füßen zu verlieren, langsam abwärts Richtung Höhle.

Als wir diese erreicht hatten, verdunkelte sich der vorher dunstig-blaue sonnige Himmel erstaunlich rasch.

Wenig später setzte ein orkanartiger Sturm mit Schneeböen und Eishagel ein.

Die Außentemperatur fiel innerhalb kürzester Zeit rapide ab.

Wir hatten die Höhle gerade noch rechtzeitig erreicht.

Es zog ein eisiger Nebel auf und wir sahen außerhalb der Höhle jetzt kaum einen Meter weit.

Wir hatten beide den Eindruck, wir würden aus dem Inneren dieser Höhle beobachtet.

Ein dumpfes Gruseln überkam uns, aber wir mussten in die Höhle gehen.

Sie war momentan der einzige Ort ohne dichten Nebel, der vielleicht Zuflucht bieten konnte.

Wir schalteten unsere Taschenlampen ein.

Je weiter wir in die Höhle gingen, desto kälter wurde es.

„Waren wir in einer Eishöhle?"

Schaurig-kalte Luftzüge bliesen uns immer wieder an.

Ich fühlte mich so, als würde ich um Mitternacht über einen alten, verfallenen englischen Waldfriedhof gehen.

Wenig beruhigend war, dass Elisabeth seit Kurzem mit jemandem sprach, jedoch nicht mit mir.

Sie hörte also wieder Stimmen, seit wir diese Höhle betreten hatten.

Wir gingen weiter und es war auffällig, dass die Wände unser Taschenlampenlicht unnatürlich stark reflektierten.

Beunruhigend für mich war auch, dass sich seit einigen Metern an den Wänden immer wieder diese eigenartigen kleinen Symbole, wie an der Kirchenmauer im Fischerort, mit dazugehörigen schlecht lesbaren Inschriften, befanden…

Wir hatten uns sehenden Auges in die „Höhle des Löwen" getraut…Was uns jetzt eigentlich nur noch fehlte…war der Löwe…

Wir erreichten in einer gigantischen Grotte mit einem unterirdischen See eine kleine baufällige Basilika, am Ufer an den Fels gebaut.

Sie wirkte äußerlich wie von frühen Christen errichtet, die vor Verfolgung in dieser Höhle Zuflucht gesucht hatten.

Die ehemalige alte Holzeingangstür hing zerfallen in Teilen neben dem Eingang.

Frischer Kerzen- und Weihrauchduft zog uns aus dem Inneren entgegen…als sei hier erst vor kurzem eine „Messe" gefeiert worden.

Es war aber, außer uns, scheinbar niemand mehr hier.

Die bröckeligen Wände und das einsturzgefährdete Dach waren von breiten Rissen durchzogen.

Die Deckenfresken im Eingangsbereich waren stark verwittert, großteils abgebröckelt.

Lediglich beiderseits der Apsis waren zwei große Fresken fast vollständig erhalten.

Beide waren identisch. Offenbar hatte der Schöpfer des alten Gobelins der Gräfin diese Fresken als Vorlage benutzt.

Die beiden Fresken, die Elisabeths verstorbener Mann...Frank...nur einmal abgezeichnet hatte, stellten die „singenden Kinder" bei einem, scheinbar blutigen, Ritual dar.

Elisabeth sprach jetzt immer lauter mit einer nicht anwesenden, oder jedenfalls für mich nicht sichtbaren, Person.

Ich fragte sie ganz direkt, wie eigentlich ihr toter Mann hieß.

Sie fuhr entsetzt herum, starrte mich mit weit aufgerissenen Augen an und antwortete..."Mein Mann hieß Frank".

Mich fror und ich zitterte innerlich spürbar und fragte sie weiter, mit wem sie sich schon seit geraumer Zeit in dieser Höhle unterhalte und sie hauchte in meine Richtung..."mit Frank".

Ich stellte ab sofort keine Fragen mehr und hatte nur noch ein Bedürfnis: „Raus aus dieser Höhle und zwar schnellstens…Sofort raus hier!"

Ich drehte mich um und rannte Richtung Eingang und Elisabeth rannte schreiend hinterher.

Während wir uns immer mehr dem Eingang näherten, huschten neben uns eine Vielzahl undefinierbarer Schatten an den Wänden vorbei und verschwanden hinter uns in der Höhle…

An den Wänden glitzerten eine Unmenge von Eiskristallen im Licht unserer Taschenlampen.

„Etwas" schien uns zu verfolgen, während wir rannten.

Flüsternde Stimmen klangen bedrohlich hinter uns in der Höhle…

Die letzten Meter sprangen wir förmlich aus der Horrorhöhle…in die strahlende Spätherbstnachmittagsonne.

Das Unwetter und der dichte Nebel hatten sich verzogen.

Unser farbenprächtig leuchtender Rückweg entschädigte uns vielfach mit den Düften, dem Licht und seinen milden Bildern „des Südens" im Gebirge.

Wir begannen ebenfalls wieder zu leuchten und lächelten uns mehrfach zufrieden zu.

Uns konnte hier nichts Böses widerfahren, dass wussten wir jetzt beide, und wir spürten uns wandern.

Kurz bevor wir uns dem kleinen Ort, unserem Ausgangspunkt, näherten, begegneten wir einem alten Ziegenhirten.

Er rauchte eine offenbar selbst gemachte Holzpfeife und winkte uns freundlich zu sich.

Der Ziegenhirte erkundigte sich, wohin wir gingen und wünschte uns lächelnd noch eine gute Heimreise.

Bevor wir weiter liefen, griff er schnell in seinen Rucksack und schenkte uns einen kleinen runden Bergkäse.

Wir bedankten uns herzlich und erreichten bald darauf den Ortseingang.

Genau in diesem Moment kam uns ein Bus entgegen.

Elisabeth machte eine Geste zu ihm, er möge anhalten und uns mitnehmen.

Als der Bus neben uns stoppte und sich seine Tür öffnete, erkannten wir am Lenkrad den gleichen Busfahrer, der uns bereits auf dem Hinweg gefahren hatte.

Ich konnte mir beim Einsteigen nicht verkneifen, ihm mitzuteilen, dass uns „die Gottesmutter" beschützt hatte, was ihn sichtlich erleichterte, ohne dass er mir darauf eine Antwort gab.

Wir erreichten unser Quartier noch vor Einbruch der Dunkelheit. Wir brachten unsere Rucksäcke nur kurz ins Zimmer und trafen uns in unserer staubigen Bergkleidung, ungeduscht, sofort wieder vorm Eingang.

Wir wollten uns entspannen und beschlossen, zu dem kleinen Restaurant mit den blau gestrichenen Holztischen zu gehen.

Als wir dort eintrafen war es noch sonnig und wir nahmen draußen Platz.

Der Wirt hatte gerade geöffnet und wir waren seine ersten Gäste.

Er winkte uns herein an die Bar und begrüßte uns jeweils mit einem großen Glas Grappa aus einer Flasche ohne Etikett. Dazu brachte uns seine Frau aus der Küche einen Teller mit dünn geschnittenem Schinken, Ziegenkäsestückchen und Oliven.

Wir spürten, wie wohl wir uns gerade fühlten.

Der Wirt lachte und prostete uns zu.

„Salute!"

„Salute!"

Seine Frau war wieder in der Küche verschwunden.

Heute gab es Wildschweinbraten mit verschiedenem Gemüse, großem Salat und Brot.

Wir setzten uns draußen in die schattenwerfende Spätnachmittagsonne, rauchten, tranken ein großes Glas Rotwein und bestellten den köstlich aus der Küche zu uns herduftenden Braten…

18

Ich musste, gerade als uns der Braten aufgetischt wurde, im Restaurant die Toilette aufsuchen.

Als ich zurückkehrte, lag Geld unter Elisabeths Weinglas.

Elisabeth hatte die Gelegenheit genutzt und war wortlos gegangen.

Ich fragte den Wirt, ob sie irgendeine Nachricht für mich hinterlassen hatte, was er erstaunt verneinte.

Ich genoss trotzdem die Segnungen dieser hervorragenden süditalienischen Küche und verschlang, zur sichtlichen Freude der Wirtsleute, auch noch Elisabeths Portion, noch bevor diese kalt werden konnte.

Soviel Einsatz wurde vom Wirt, nachdem ich gezahlt hatte, noch mit einem doppelten Grappa belohnt...

"Salute! ...Salute!"

Als ich danach ins Hotel zurückkehrte, fragte ich die Dame an der Rezeption, ob Elisabeth abgereist sei, was sie nach einem kurzen Blick in ihren Computer bestätigte.

Auch meine Frage, ob sie mir irgendeine Nachricht hinterlassen hatte, verneinte sie mit einem starken Kopfschütteln.

Ich bedankte mich und bat darum, für morgen meine Rechnung vorzubereiten und mich um sieben Uhr dreißig zu wecken.

Draußen war es jetzt dunkel geworden.

Nachdem ich geduscht und mich umgezogen hatte, zog ich los, um in der Altstadt nach interessanten Kneipen zu suchen.

Ich achtete dabei heute besonders auf die nach außen dringende Musik und wurde nach längerer Suche tatsächlich auch fündig.

Der Laden war winzig und lag, ziemlich versteckt, in einem verwinkelten schmalen Gässchen.

Es lief gerade Neil Young und hinter der Theke stand scheinbar heute sein Zwilling.

Er hatte graue schulterlange Haare, trug ein Lederstirnband, war schlank, mittelgroß und hatte ein schmales, furchendurchzogenes, verlebtes Gesicht ohne Bart.

Er trug eine enge, verwaschene Jeans mit diversen Rissen und Löchern und dazu ein schwarzes T-Shirt, auf dem viele fluoreszierende grünliche Totenschädel zu sehen waren.

Seine spitzen schwarzen Lederschuhe sahen aus wie neu und waren blankpoliert.

Die Kneipe war gut gefüllt mit „Hippies" und hieß „Bruno".

Ich fragte den Mann hinter der Theke, vermutlich der Wirt, ob er der „Bruno" sei.

Er lachte und meinte, er sei nur „der Bruno vom Bruno", bestätigte mir aber, dass er der Wirt sei.

Ich bestellte ein Glas Rotwein und entdeckte einen freien Stuhl an einem Tisch, hinten im Gewölbe.

Das Haus war höhlenartig in den Fels hineingebaut.

Das hintere Gewölbe wurde durch eine dicke Steinsäule gestützt.

An diesem Tisch saßen drei gutaussehende Frauen und ein abgehangener Althippie, „vielleicht ihr Opa", dachte ich böse und fragte, ob ich mich dazusetzen durfte, was die Damen eifrig bejahten, während mir der „Opa" nur einen verächtlichen Blick, jedoch keine Antwort, zuwarf.

Ich setzte mich mit meinem Wein dazu.

Ich fragte „den Bruno vom Bruno", ob er auch Ziporo habe, was er freudestrahlend bejahte.

Daraufhin bestellte ich fünf Gläser, eins für den Wirt, drei für die drei hübschen Frauen und für mich auch eines.

Der knurrige Althippie kriegte natürlich von mir keinen Ziporo und hatte die Botschaft verstanden.

Er wechselte bald an einen anderen Tisch, während der Wirt sich mit seinem Glas und einem Teller mit Schafskäse, geschnittenem Schinken, Oliven und Weißbrot mit zu uns an den Tisch setzte.

Vorher hatte er noch Rockmusik von „Aphrodites Child", die LP „sixsixsix", aufgelegt.

Die Frauen kannten ihn schon und mir stellte sich der Wirt, nach einem mehrfachen „Jamas", jetzt als Nico vor.

Er war Grieche, lebte seit zwölf Jahren hier und betrieb genau so lange auch diese Kneipe.

Er holte noch eine Karaffe mit Wasser zur Beigabe in den Ziporo und forderte uns auf, dazu auch etwas zu essen.

Nico kam aus der Nähe von Afissos, zwischen Volos und Argalasti, auf dem Pileon gelegen. Ich kannte den Pileon von früheren Reisen her gut. Wir führten noch eine Weile Smalltalk über diese reizvolle Gegend und die interessanten Orte, sowohl, was den Pileon anging, als auch über unsere süditalienische Region, in der wir uns gerade aufhielten, bevor er behauptete, dass sowohl seine Urgroßmutter, als auch seine Mutter Wunderheilerinnen, Wahrsagerinnen und auch Hexen waren und er diese Fähigkeiten auch geerbt hatte.

Er interessierte sich für Fantasy-Rollenspiele, Magie und Rock 'n Roll, derzeit etwa in dieser Reihenfolge, meinte er.

Die Frauen hörten unserem Gespräch eher andächtig zu, bemerkten höchstens gelegentlich „oh toll", als dass sie sich wirklich daran beteiligten.

Sie waren vielleicht Anfang zwanzig und mochten offensichtlich schrille Altfreaks.

Es wurde, nach diversen Ziporo und viel alter Rockmusik, langsam leer in Nicos Kneipe, seine letzten Gäste hatten bezahlt und gingen gerade.

Es war schon deutlich nach Mitternacht.

Ich hatte mich inzwischen entschieden, noch nicht abzureisen und möglichst auch nicht schon um sieben Uhr dreißig aufzustehen, vielleicht ließ sich dies ja noch mit dem Nachportier klären. Über Nicos Festnetztelefon erreichte ich dann das Hotel und mein Wunsch wurde notiert.

Die Frauen waren noch nicht gegangen und wir befanden uns in einer intensiven Unterhaltung über rituelle sexuelle Ausschweifungen, Rausch und Visionen, Beschwörungen und Dämonen.

Inzwischen wusste ich auch, dass sie Lorrie, Gwynn und Sandra hießen.

Sie waren auf Interrail-Reise und hatten sich alle in Neapel kennen gelernt.

Lorrie und Gwynn waren Architektur-Studentinnen aus den USA und Sandra hatte im Sommer ihr Kunst-Studium abgeschlossen.

Meinen Namen und eine Kurzbiographie kannten sie inzwischen von mir auch.

Nico hatte die Tür abgeschlossen und einen bis zum Boden reichenden lichtundurchlässigen Vorhang über die gesamte vordere Breite des Eingangsbereichs zugezogen.

Er hatte einen Joint gebaut, den er nun genüsslich anrauchte.

Die Musik hatte er abgeschaltet und für uns aus einer gerade geöffneten Flasche Rotwein in fünf auf einem Tablett stehende Gläser gefüllt und an unseren Tisch gebracht.

Er setzte sich zu uns, nahm sein Glas und prostete uns zu und sein Joint kreiste ebenfalls in der Runde.

Wir kehrten bald zu magisch besetzten Themen zurück und Nico bot uns, nach weiteren Joints, Ziporos und Weinen an, mit zu ihm zu kommen.

Er lebte allein in einem kleinen Haus, das etwas versetzt, oberhalb über dem hinteren Teil seiner Kneipe in den Fels hineingebaut lag und einen kleinen Innenhof mit einem winzigen Garten besaß.

Dieses Idyll erreichten wir über eine schmale Holztreppe, die seitlich im hintersten Bereich seines Lokals durch die Decke bergauf zu seinem Haus führte.

Wir nahmen noch Wein, Ziporo und ausreichend Tabak, Blättchen und Zigaretten aus der Kneipe mit und wankten alle, dem Vollrausch schon ziemlich nahe, mit hoch zu ihm.

Sowohl Lorrie als auch Gwynn schienen es schon seit geraumer Zeit beide auf mich abgesehen zu haben. Sie nutzten beinahe jede Gelegenheit, um sich entweder an mich zu lehnen oder mich sonst irgendwie zu berühren.

Sandra war ich zwar durchaus nicht unsympathisch, aber sie tendierte doch eher zu Nico, dem griechischen Neil Young-Zwilling und „Bruno vom Bruno". Auch Nico war von Sandra fasziniert.

Wir gingen durch sein Haus in den vom Fels umgebenen Innenhof. Es war dort nicht kalt, aber Nico holte einige Decken, falls jemand friere. Er entzündete mehrere Kerzen, brachte Gläser und einen Teller mit Speck, Oliven und Weißbrot. Er goss allen Wein in die Gläser, ein Aschenbecher stand schon auf dem großen alten Holztisch.

Nico holte die im Flur seines Hauses stehende Gitarre und fing an, griechische und italienische Lieder zu spielen und zu singen. Seine Stimme lag irgendwo zwischen Eric Burden und Tom Waits.

Nach etwa einer Stunde, Sandra hatte sich bereits vorher schon längere Zeit sehr eng an ihn gedrückt, verschwanden die Beiden im Haus...

Auch die Amerikanerinnen hatten sich die ganze Zeit sehr eng an mich gekuschelt und zogen mich jetzt an beiden Armen gleichzeitig ebenfalls in Nicos Haus...

Er hatte uns ein kleines Zimmer, direkt neben dem Eingang angeboten.

Der Steinboden war mit Teppichen bedeckt, auf denen mitten im Raum eine große bezogene Doppelmatratze, mit bestickten Decken und Kissen, lag.

Nico hatte für uns Handtücher auf einen kleinen Holzstuhl, seine Sitzfläche bestand aus geflochtenem Bast, gelegt.

In einer Ecke des Raumes stand ein rundes indisches Tischchen, auf dem ein schwarzer Buddha thronte, vor dem ein Tarot lag.

An den weiß gekalkten Wänden hing nur ein großes Bild, dass einen mittelalterlichen Zauberer zeigte, der scheinbar gerade einen sich schemenhaft im Hintergrund abbildenden Dämonen beschwor.

Wir zogen uns gegenseitig, eng aneinander geschmiegt und lustvoll streichelnd, ganz langsam unsere Kleidung aus und legten uns dann gemeinsam nackt auf die große Matratze…

Als ich nachmittags aufwachte, lag ich allein auf der Matratze…die beiden Amerikanerinnen waren verschwunden.

Ich fühlte mich zufrieden, nicht verkatert und hatte Hunger.

Im Haus schien außer mir niemand zu sein und ich fand einige Türen weiter ein kleines Bad.

Nach einer kalten Dusche zog ich mich an, schrieb Nico „ein ganz großes Dankeschön" auf einen Zettel und ging, seitlich am Haus entlang, zu einer schmalen Gasse, auf der ich Richtung Markt weiterging.

Ich suchte mir vor einer Bar einen sonnigen Platz, alleine an einem runden Blechtischchen.

Als die Bedienung kam, bestellte ich einen doppelten Espresso und zwei Schinkentoast.

Das Kaffee lag etwas erhöht und man konnte von hier aus den gesamten Marktplatz ausgezeichnet überblicken.

Es herrschte, wie immer, lebhaftes Treiben, gemischt mit südlicher Gelassenheit. Es war ein typischer entspannter Wohlfühlnachmittag „im Süden".

Nachdem ich gezahlt hatte, schlenderte ich gemütlich Richtung Hotel.

Die Dame an der Rezeption begrüßte mich freundlich und fragte, wie lange ich noch zu bleiben beabsichtigte. Diese Frage konnte ich ihr allerdings zu diesem Zeitpunkt noch nicht sicher beantworten. Ich bot ihr an, die Rechnung für die letzten Tage bis einschließlich des morgigen zu begleichen und dann übermorgen früh über alles Weitere mit ihr nochmals zu sprechen.

Sie war sehr zufrieden mit meinem Vorschlag und nachdem ich bezahlt hatte, gab sie mir noch ein zugeklebtes Briefkuvert mit der Aufschrift „Für Sven".

Sie sagte, ein sehr auffällig gekleideter Mann, in Begleitung einer sehr hübschen, schwarz gekleideten Frau, hätte diese Nachricht heute Morgen für mich abgegeben.

Ich ging in mein Zimmer und zog mich um.

Ich besaß kaum noch frische Wäsche, zuletzt hatte ich sie in meiner Pension im Fischerort waschen lassen.

Ich ahnte, wer diese Nachricht geschickt haben könnte, beschloss jedoch den Brief, trotz meiner großen Neugierde, jetzt noch nicht gleich zu öffnen.

Ich wollte mir erst, in der Nähe des Marktplatzes, in einer schmalen Seitengasse gelegen, eine romanische Kirche ansehen und danach vielleicht ein kleines Restaurant suchen, um zu essen.

19

Ich steckte den Brief ein und verließ das Hotel Richtung Marktplatz.

Eine innere Stimme drängte mich jedoch plötzlich, zum Hotel zurückzugehen und an der Rezeption Elisabeths Adresse zu erfragen, vorausgesetzt, es bestand die Bereitschaft, sie mir mitzuteilen. Sonst hätte ich sie mir anderweitig besorgen müssen.

Die Dame an der Rezeption schien mich bereits zu erwarten und gab mir unaufgefordert eine Telefonnummer. Sie sagte, die Frau, die so kurzfristig abgereist war, hatte angerufen und gebeten, mir unbedingt schnellstmöglich ihre Telefonnummer zu geben…Es war offensichtlich Elisabeths Festnetznummer aus Deutschland.

Ich ging auf mein Zimmer, ließ mir ein Amt geben und wählte die soeben erhaltene Telefonnummer.

Elisabeth war sofort am Apparat und schluchzte, als sie meine Stimme hörte.

Sie entschuldigte sich, dass sie so unhöflich abgereist war.

Sie sagte, sie wäre von der Staatsanwaltschaft Freiburg auf ihrem Handy angerufen worden.

Sie wurde gebeten, sofort nach Deutschland zurückzukehren.

Bei Ausschachtungsarbeiten an der Fahrrinne des Rheins war man auf Reste eines untergegangenen Schiffs gestoßen, an dem sich verrostete Teile eines Motorrades und Teile eines Skeletts, welches noch eine vermoderte Lederjacke trug, verfangen hatten. Anhand des in einer mit Reißverschluss verschlossenen Innentasche gefundenen, in Kunststoff eingeschweißten Personalausweises und der am Rahmen des Motorrades noch erkennbaren Nummer, ging die Staatsanwaltschaft davon aus, es handelte sich um die sterblichen Überreste ihres Mannes Frank.

„Frank trug früher lange lockige Haare", sagte Elisabeth.

Als er sie sich abschneiden ließ, hatte sie eine lange Locke in einem Beutel aufbewahrt, wodurch jetzt mit den gefundenen Knochen eine vergleichende Analyse möglich war, die derzeit durchgeführt wurde. Mit dem Ergebnis wurde in der kommenden Woche gerechnet…

Elisabeth lud mich, immer wieder laut schluchzend, zur Beerdigung ein, sobald Franks Überreste von der Staatsanwaltschaft freigegeben würden.

Sie fragte mich, ob ich nicht schon vorher zu ihr nach Deutschland kommen könnte, weil sie keine „echten" Freunde mehr hatte und Angst hätte, „verrückt" zu werden.

Ich überlegte nicht lange und sagte ihr zu, morgen mit dem Flugzeug zu kommen. Mein Motorrad beabsichtigte ich, solange hier in der Hotelgarage stehen zu lassen, was sich später dann auch problemlos an der Rezeption vereinbaren ließ.

Heute ging ich nicht mehr aus dem Hotel.

Auch den Brief ließ ich verschlossen und steckte ihn zu meinen Sachen in den Tankrucksack.

Ich begab mich zur Rezeption, regelte die Unterstellmöglichkeit für mein Motorrad und konnte über den Hotelcomputer für morgen Abend einen Flug von Bari nach Basel buchen.

Da ich beabsichtigte, bereits um sieben Uhr zu frühstücken, um achtuhrdreißig ging ein Regionalzug über Potenza nach Bari, bat ich um entsprechende Vorbereitungen und darum, mich um sechsuhrfünfzehn zu wecken, was mir auch zugesichert wurde.

Auf meinem Zimmer hatte ich noch eine Flasche Rotwein, etwas Brot, Oliven und den halben Ziegenkäse, den uns der Hirte im Gebirge geschenkt hatte. Auch mehrere volle Zigarettenschachteln waren in meinem Tankrucksack. Ich goss mir Rotwein ein, aß ein großes Stück Ziegenkäse und einige Oliven und setzte mich mit meinem Glas an das kleine Tischchen auf dem Balkon.

Ich blickte über die beleuchtete nächtliche Altstadt, trank schluckweise Wein und ließ den

Blick behutsam schweifen, rauchte genüsslich eine Zigarette…

Trotz der vielen Bilder, die mir immer wieder, fast gleichzeitig, im Kopf erschienen, erfüllte mich eine meditative Ruhe.

Ich wusste, ich würde zurückkehren…

Der nächste Morgen gestaltete sich chaotisch.

Niemand hatte mich geweckt und gegen zehn Uhr kam ich endlich zu einem duftenden Espresso und einem knusprigen Croissant.

Die Dame an der Rezeption hatte sich vielfach entschuldigt, doch meinen Zeitplan und meine Reiseroute konnte ich jetzt definitiv nicht mehr einhalten.

Ich bat sie daher, meinen Flug zu stornieren, was ohne Stornogebühren auch problemlos gelang.

Ich hatte ja noch kein Zugticket gelöst und entschied mich daher, mit dem Motorrad über die Autobahn Richtung Freiburg zu fahren.

Das treibt zwar jedem Biker die Tränen in die Augen, da ja die schönsten Strecken bekanntlich abseits der Autobahnen liegen, es war jedoch so der schnellste Weg.

Die Rechnung hatte ich bereits am Vortag beglichen und so konnte ich mit meinem Tankrucksack, der meine gesamte Reiseausstattung enthielt, das Hotel nach dem Frühstück sofort verlassen.

Abgesehen von einigen kürzeren Staus und einigen Tank-, Ess- und Toilettenpausen, verlief die Reise zügig und sehr stressarm.

Die Autobahngebühren und Benzinkosten betrugen zusammen deutlich weniger als das Flugticket gekostet hätte.

Ich hatte so nun auch den Vorteil, nichts zurückgelassen zu haben und war damit unabhängig und mobil.

20

Den kleinen Ort, unweit von Freiburg, erreichte ich kurz nach Mitternacht.

Elisabeth wohnte allein, etwas außerhalb, in einem kleinen, ehemaligen Bauernhof.

Der Hof lag oberhalb der schmalen Landstraße am Hang und am Waldrand.

Ich hatte vor meinem Eintreffen nicht angerufen und verbrachte fast eine viertel Stunde mit Rufen und Klingeln, bis sie mir endlich, sie hatte offensichtlich Beruhigungs- oder Schlafmittel genommen, denn sie roch nicht nach Alkohol, benommen die Tür öffnete.

Sie wirkte dumpf und versteinert.

Ihre Bewegungen waren stark verlangsamt.

Sie unternahm keinerlei Anstalten, mich, wie auch immer, nach meiner Reise zu begrüßen, geschweige denn, mir eine Übernachtungsmöglichkeit in ihrem Haus zu zeigen…

Sie war, kommentarlos, weggegangen und ließ mich einfach im Raum mit meinen Sachen stehen, vermutlich hatte sie sich wieder schlafen gelegt…

Ich hatte Verständnis für ihre Trauer, obwohl ich Elisabeth nicht wirklich kannte.

Es durfte jedoch in diesem Fall nicht außer Acht gelassen werden, dass, obwohl ihr Mann immerhin schon vor fünf Jahren verschwunden und für tot erklärt worden war und er ja wohl nach neuesten Erkenntnissen tatsächlich der Tote aus dem Rhein war, es in dem süditalienischen Bergdorf einen „Frank" gab...es dort ein „dämonisches Wesen" zu geben schien, dass mit ihrem Mann zu tun hatte, er war, oder vielleicht sogar als eine posthume sichtbare Seinsform von ihm existierte... Elisabeth hatte in der Höhle mit „Frank" immerhin anhaltend gesprochen, ohne dass er für mich ebenfalls hörbar oder sichtbar wurde...

Mir war nun klar, dass Elisabeth ihren Mann nur alleine beerdigen sollte und konnte.

Sie befand sich scheinbar bereits in einem dafür notwendigen vorbereitenden Zustand.

Für mich war dabei offensichtlich keine Rolle mehr vorgesehen und so gab es jetzt auch nur noch einen Weg: Ich sollte wieder gehen...

Sicherlich hatte ich in meiner momentanen Stimmung kurzzeitig überlegt, einfach direkt weiter nach Duisburg durchzufahren.

Schließlich besaß und bewohnte ich dort alleine am Stadtrand ein schönes riesiges altes Haus mit einem parkähnlichen viertausendachthundert Quadratmeter Grundstück...in dem sich meine letzte Frau erhängt hatte...

Ich entschloss mich, ein Hotel in Autobahnnähe anzusteuern, bei dem ich auf der Hinfahrt zu Elisabeth noch Licht sah und hatte Glück. Ich erhielt noch ein Zimmer und konnte mich sogar bis zehn Uhr ausschlafen, bevor es danach ein Frühstück gab.

Ich brachte meine Sachen ins Zimmer, rauchte auf dem Balkon eine Zigarette und fiel danach erschöpft ins Bett. Das Fenster ließ ich offen und hörte, wie auf der nahen Autobahn unaufhörlich der Verkehr vorbeirauschte.

Irgendwann schlief ich ein.

Kurz vor zehn weckte mich eine sympathische Frauenstimme über das Zimmertelefon. Nach kurzer Erfrischungstour im Bad ging ich mit meinen Sachen zur Rezeption, bezahlte und danach frühstückte ich.

Es war November und draußen nebelig und kalt.

Die Bol d´Or sprang nur sehr widerwillig an und fuhr die ersten Kilometer ruckelig.

Über Landstraßen gemütlich Richtung Duisburg zu fahren, bot sich bei diesem Wetter eher weniger an. Ich nahm die Autobahn.

Der Nebel zog sich fast bis Karlsruhe. Dann brach die Sonne durch und ich fuhr über die Eiffel Richtung Aachen.

Dort kannte ich eine alte Freundin, die sich schon sehr lange mit Esoterik befasste und als Psychiaterin und Tiefenpsychologin praktizierte.

Sie bewohnte mit ihrer Freundin ein Haus in der Altstadt von Aachen und war überrascht und erfreut, als ich dort gegen Abend eintraf.

Sie luden mich ein, in ihrem Haus zu übernachten und nach einem Begrüßungswein und einigen Zigaretten, ich konnte mich zwischenzeitlich auch kurz „frisch machen", beschlossen wir, einen gemeinsamen „Zug" durch die Altstadt zu unternehmen.

Ich hatte hier einige Semester studiert und musste bald feststellen, wie sehr sich diese Stadt, so wie wir, im Vergleich zu damals verändert hatte.

Wir gingen in eine Kneipe, wo die Musik „unserer Jugend" lief. Auf den Tischen standen leere Weinflaschen mit brennenden Kerzen und wir konnten hier auch essen.

Wir hatten uns Jahre nicht mehr gesehen, zuletzt noch kurz vor dem Selbstmord meiner Frau…wussten kaum, wo wir anfangen sollten…redeten fast nur über „Früher"…

Bernadette, so hieß meine alte Freundin, ihre Freundin Claudia traf ich heute zum ersten Mal, wollte unbedingt wissen, wie es mir nach dem Tod meiner Frau ergangen war und was ich nun weiterhin beabsichtigte, zu unternehmen.

Nach kurzem Bericht über die „Zeit danach" in Duisburg wurde bald meine Motorradreise durch Italien zu unserem Thema.

Die Frauen hörten mir fasziniert zu und unterbrachen mich mehrmals, wenn wir über Orte sprachen, die sie selbst ebenfalls schon bereist hatten.

Irgendwann berichtete ich ihnen dann auch über die Ereignisse der letzten Wochen.

Bernadette und auch Claudia waren jetzt sehr zurückhaltend und schweigsam.

Claudia sagte, sie sei eine Hexe und kenne sich gut aus auf den Gebieten der Magie…

Bernadette bat darum, die weitere Unterhaltung zu vertagen, um vielleicht später die von mir beschriebenen Vorgänge in ihrem Haus, nicht öffentlich, genauer betrachten zu können.

Wir wechselten das Thema und nach dem Essen auch in die nächsten Altstadtkneipen, bis wir gegen Morgen irgendwann wieder in Bernadettes Haus ankamen.

Wir waren alle erschöpft und beschlossen uns direkt schlafen zu legen.

Wir wollten uns dann später, nach einem gemeinsamen gemütlichen Frühstück, den aufregenden Spukgeschichten widmen, die ich ja in großer Fülle aus Süditalien hierher mitgebracht hatte.

Bernadette und Claudia waren etwa gleichaltrig und lebten seit zwei Jahren zusammen.

Beiden waren schon vor längerer Zeit ihre letzten Lebenspartner „weggelaufen".

Sie bildeten jetzt so etwas wie eine Wohn-, Interessens- und Zweckgemeinschaft und waren Geschichten gegenüber, die von Männern erzählt wurden, spürbar misstrauisch.

Ich hatte bei Bernadette aber so Etwas wie einen „von Früher her Kenn-Bonus" und so kamen wir am nächsten Tag schon vor dem Frühstück schnell wieder zu den Ereignissen in Süditalien zurück.

Claudia hatte frische Brötchen geholt und Bernadette goss gerade einen Kaffee auf, der allein schon vom Duft her versprach, Tote wieder aufwecken zu können.

Ich hatte noch ein Stück Ziegen-, einen Schafskäse und einen Beutel mit schwarzen großen Oliven. Ich nahm alles aus dem Tankrucksack und stellte es dazu auf den gedeckten Tisch.

Wir frühstückten und redeten gleichzeitig.

Bernadette fasste meinen Reisebericht schon bald zusammen...

„Du hast also wochenlang im süditalienischen sonnig-warmen Spätherbst ununterbrochen Sex gehabt und wurdest gleichzeitig von Hexen, Satanisten, mittelalterlichen Ritualmörderinnen, Untoten und unbekannten Dämonen und dämonischen Orten bedroht und gleichzeitig hast Du dienstbare gute Geister, Magier und Expriester getroffen, die Dich beschützt und Dir geholfen haben und sogar Töchter von Hexen und Dämoninnen sind mit Dir in die Kiste gestiegen... und weil Du soviel Stress bei dieser abgefahrenen Dauerorgie hattest, musstest Du ab und zu, obwohl Du gleichzeitig ein Hotelzimmer hattest, am Strand pennen, dauernd Saufen und Fressen, viel Motorrad fahren und hast an jedem nachfolgenden Tag, ganz klar, noch viel viel abgedrehtere Leute kennengelernt, als an den Tagen und während der Wochen vorher...einige haben sich sogar das Genick gebrochen oder sind lebendig verfault…Habe ich das jetzt alles richtig verstanden, Sven, oder hast Du vielleicht sogar noch Irgendwas vergessen? Ich kann Dir zu Deiner Italienstory momentan eigentlich nur eins antworten: Egal, was Du gerade nimmst, Sven…genau das möchte ich auch!".

Nach kurzer Sprachlosigkeit musste ich dann Bernadette doch Folgendes antworten: „Ja, das liebe ich an Dir und an euch professionellen Seelenklemptnerinnen. Da hat man eine monatelange Reise in einigen wenigen Sätzen gerade erst versucht, ansatzweise zu beschreiben und schon wisst Ihr, wie immer, genau, warum es hier geht…Respekt!"

Mein Satz konnte natürlich nur einen Satz nach sich ziehen und hatte wohl inzwischen zunehmend unsere vermeintliche Wiedersehensfreude verdrängt…

„Sven, so kennen wir Dich…Du bist immer noch der gleiche arrogante Hochschulfuzzi, der Berufsjugendliche mit der Villa, mit Deinen Motorrädern, dem Maserati und Deinen schrillen, jungen, hübschen, esoterischen Konkubinen als Penisersatz…Warum bist DU eigentlich hier vorbeigekommen?"

Wir hatten uns zwar schon Jahre nicht mehr gesehen, hatten es jedoch innerhalb erstaunlich kurzer Zeit geschafft, uns „vertrauter Sprachmuster" zu bedienen.

Claudia fügte nun dem Gespräch noch ihren Teil hinzu. „Ich weiß ja auch nicht…also ich kenn Dich ja überhaupt nicht…aber bist Du eigentlich wirklich immer so drauf…?"

Ich gab ihr darauf nur die Antwort: „Wir kennen uns tatsächlich überhaupt nicht und es wäre mir sehr recht, wenn das auch so bleiben könnte".

Die weitere „Frühstücksunterhaltung" verlief ähnlich, vielleicht lag es ja einfach nur an diesem unangenehmen Novembernieselwetter in Aachen, oder war es etwa der gestrige Abend oder Bernadettes superstarker Kaffee…

Claudia meinte dann später noch, in irgendeinem für mich eher unerklärlichen Gesprächszusammenhang, sie sei schließlich Sozialpädagogin…

Dieses Wort war dann für mich auch endgültig der Startschuss des heutigen Tages…

Bevor hier vielleicht noch mehr Sozialpädagoginnen auftauchten, dachte ich, wollte ich mich lieber zügig verabschieden und schnellstmöglich auf meine Bol d´Or schwingen, um mich über die Autobahn durch den Nieselregen nach Duisburg zu kämpfen.

Ich sehnte mich inzwischen nach meinen Freunden, nach meinen Stammkneipen und nach einem guten Essen bei meinem Lieblingsitaliener.

Bernadette hatte Tränen in den Augen, als wir uns verabschiedeten. Sie war mit raus zu meinem Motorrad gegangen und umarmte mich. Ich lud sie zu mir nach Duisburg ein und bedankte mich für alles.

Claudia war im Haus geblieben und rief mir aus dem Fenster ein langgezogenes „Tüüss" hinterher.

Die Bol d´Or sprang sofort an und während mir Bernadette noch hinterherwinkte, war ich riesig erleichtert, endlich wieder auf meinem Motorrad zu sitzen…

Duisburg war bald erreicht und ich fuhr mit gemischten Gefühlen durch den Nieselregen.

Die Luft hatte etwas Schwefeliges und ich hielt, mein Regenkombi war undicht geworden, mit diesem klammen Kältegefühl, auch die Stiefel triefen, vor einer kleinen Pommesbude.

Als ich auftrat, nachdem ich vom Motorrad abgestiegen war, fühlte es sich an, als sei ich bei einer Moorwanderung in eine Wasserpfütze gestiegen und spürte dann, wie dieses Wasser aus der Pfütze langsam in beide Schuhe lief.

In der Bude herrschte eine Mischung aus Hochofenhitze, Geruch nach einem Friteusenbrand und abgestandenem Zigarettenrauch.

An einem Ecktisch standen drei Männer mit Bierflaschen, denen man deutlich anmerkte, dass dies heute nicht ihr erstes Bier war.

Eine ältere Frau stand vor der Glastheke, rauchte hektisch eine Selbstgedrehte und wartete auf ihr „Essen".

Es war warm und der dicke Wirt fragte mich jetzt was ich mochte.

„Currywurst mit Pommes und Mayo und eine Schachtel rote Gauloises."

„Alles roger", meinte der Wirt, „kommt gleich".

„Ey Alter, bissu sowat wien Winterbiker oder hasse heute moargn der Autoschlüssel valoan", meinte jetzt einer der Biertrinker zu mir.

„Alles gleichzeitig, wat denks Du denn", antwortete ich ihm.

Seine Reaktion ließ nicht lange auf sich warten…er gab mir und seinen Freunden einen „Kümmerling" aus und ich stellte mich mit an ihren Tisch.

Nach kräftigem Flaschengeklopfe wurde aufgedreht und in einem Zug leergeschluckt.

Meine Currywurst war fertig, die Zigaretten gab mir der Wirt schon vorher.

Ich setzte mich an ein kleines Tischchen um zu essen, gab jedoch „den Jungs" vorher noch einen „Fernet" aus, wonach sie lautstark zu mir herüberprosteten.

Meinen Magenbitter bewahrte ich mir „als Nachtisch" auf…das war bei diesem „Essen" bestimmt kein Fehler.

Es hatte erstaunlich gut geschmeckt und ich trank den „Fernet", rauchte noch eine Zigarette und bezahlte danach.

Beim Rausgehen riefen mir „die Jungs" noch „komm gut rüber" nach und ich bedankte mich.

Die Bol d´Or hatte jetzt deutliche Startschwierigkeiten, sprang aber mit der allerletzten Batterieenergie dann doch endlich noch an.

21

Nach einer weiteren guten halben Stunde Fahrt fuhr ich auf den Hof meines Hauses.

Es war eine große Jugendstilvilla, von den Proportionen fast eher ein kleines Schlösschen.

In den Nebengebäuden befand sich meine Fahrzeugsammlung, allerdings hatte ich auf meine mehrmonatige Motorradtour lediglich einen Haustürschlüssel, jedoch keinen für die Nebengebäude, mitgenommen.

Ich öffnete die Haustür, um den erforderlichen Schlüsselbund herauszuholen.

Ich beschäftigte eine Gartenbaufirma, die sich regelmäßig um die Außenanlagen kümmerte und eine Frührentnerin, eine ehemalige Textilingenieurin, die sich um alle wichtigen Dinge im und um das Haus kümmerte, wie beispielsweise die Organisation einer Reinigungsfirma, oder sie stellte geeignete Einzelpersonen ein, die diese Arbeiten gerne und zufriedenstellend erledigten.

Meine Post lag wohlsortiert auf einem großen Tisch im Kaminzimmer und das Haus wirkte insgesamt gut betreut und sehr einladend.

Sie hatte die Heizung auf niedriger Stufe eingeschaltet und das Haus verströmte mit seiner großen Holztreppe und den vielen alten Möbeln einen beschaulichen angenehmen Duft.

Ich legte meine nassen Sachen ab, zog mir trockene Kleidung und Schuhe und eine regenfeste Jacke an, bevor ich hinausging, um das Motorrad in jenes Nebengebäude zu stellen, in dem auch mein Lieblingsauto, ein Maserati, residierte…

Der Anblick dieses italienischen Altars erleichterte mir die Rückkehr ins nieselige kalte Duisburg doch erheblich.

Meinen restlichen Fahrzeugen widmete ich nur einen kurzen Begrüßungsbesuch, um danach, zurück im Haus, mir den großen Kamin einzuheizen und einen abruzzesischen roten Riserva zu dekantieren.

Das knisternde Holz im Kamin und der Duft des Rotweins begrüßten mich auf angenehmste Weise in Duisburg…

Und dennoch…dies war keine „Ankunft"…nur irgendeine Rückkehr…aus irgendwelchen Gründen…

Ich spürte mein Angekommensein im Süden deutlich.

Hier war ich einfach nur gegangen…und jetzt eben wieder da…nur wieder hier…mehr nicht mehr…

Die alte Villa mit ihrem prallen Bauch und ihren Erinnerungs-Brüsten konnte mich zwar nicht mehr verführen, doch wir spürten noch ein wenig unsere einstige Liebe…

„Sollten wir es nicht vielleicht doch noch einmal miteinander versuchen…und im Sonnenschein unseren gemeinsamen Park genießen…angestrahlt von und strahlend in der Spätnachmittagssonne…schattenwerfend…dem Flüstern des großen Fauns über der halbrunden Terrasse des ersten Stocks lauschend…einen doppelten Espresso und eine Zigarette am runden Blechtischchen genießend?"

„Oder ist es nicht doch gerade das, was uns wohl für immer davon abhält…das gurgelnde dumpfe todesängstliche Grunzen einer erstickenden Frau…das jetzt mit einer leichten Brise von einer der großen alten Buchen im hinteren Teil des Parks zu uns herübergeweht wird…?"

„Du siehst sie…auch der Faun und all die anderen Figuren und Gesichter Deiner leuchtenden Fassade…ich erst jetzt, nachdem ich mich umgedreht habe."

„Sie hat dieses dunkelblaue Gesicht mit den aufgequollenen blauen Lippen."

„Schaum und Erbrochenes quillt scheinbar literweise aus ihrem Mund, ihr ganzes vorderes Kleid tropft schon davon nach unten."

„Beide Schuhe sind von ihren zierlichen Füßen gefallen."

„Sie hängt an diesem dicken seitliche Ast, weit oben."

„Sie ist Free-Klimberin, klettert gerne im Hochgebirge, ist Philosophin an der Uni und spielt so gerne Klavier, hat diese unverwechselbare schöne Stimme, mit der sie dazu singt."

„Ihre beiden blauvioletten Hände zucken noch reflexartig…ein wenig…Sie hat das dicke Hanfabschleppseil aus dem Maserati genommen."

Ich war aufgewacht durch mein eigenes inneres Schreien.

Der Rotwein kippte mir aus der Hand auf den Teppich.

Aus dem Kamin meinte ich kurz eine Stichflamme herausschießen zu sehen…

Zwar war ich sportlich, doch ich war allein.

Bis ich bei ihr auf dem Baum war und wir dann auch noch gemeinsam nach unten auf den Rasen stürzten, wir hatten uns dabei mehrere Knochenbrüche zugezogen, war es „zu spät"…

Sie hatte keinen „Abschiedsbrief" hinterlassen…nicht eine Zeile…

Meine letzte Frau hieß Jacqueline.

Sie war sehr hübsch und hatte lange blonde Haare.

Sie war schwanger als sie starb…wie sich danach herausstellte…

Es war ein langsamer, wenn auch unaufhaltsamer, Abschied.

Sie hatte mich mitgenommen…mich verändert.

Ich war hinter ihr gegangen, hatte die Brücke in ihre neue Schattenwelt nicht gemeinsam mit ihr betreten, wartete, sah sie in der eisigen Dunkelheit verschwinden…

Warum hatte ich so wenig um sie getrauert und warum erinnerte ich mich so selten an sie…erst jetzt wieder und jetzt in dieser unendlichen Deutlichkeit?

Ich spürte neben mir ihren kalten Atem, direkt neben mir, während mein leeres Weinglas in diesem großen roten Fleck zerbrochen vor mir auf dem Teppich lag und das Holz im Kamin knisternd weiterbrannte.

Es wurde bestimmt immer wärmer im Raum…doch mich fror…

„War sie es, dieser graue Schatten, der vor mir, neben dem Kamin, an der Wand vorbeihuschte?"

Ich stand auf und legte beide Hände an die Wand neben dem Kamin.

Sie war kalt wie die eisige Außenwand eines alten Hauses in einer frostigen Winternacht…

Mir wurde jetzt unmissverständlich klar, dass ich längst Teil jener Verwandlungen war.
Ich hatte sie gesehen, gespürt und dennoch, so oft ich nur konnte, verdrängt und ignoriert.

Ich hätte gerne weiter diese nahezu unantastbare Rolle eines außenstehenden Beobachters, eines Außenstehenden gewählt, doch ich hatte diese Wahl scheinbar jetzt nicht mehr.

Sie hatten mich gewählt und ich hatte es noch nicht einmal bemerkt, vermutete es erst jetzt…nein, wusste es erst jetzt genau.

Ich war ohne mein Wissen und ohne je mein Einverständnis erklärt zu haben, Teil ihrer Welt geworden.

In diesem Moment dachte ich an Elisabeth.

Mir war nun klar, dass es ihr ähnlich ergangen war, wie mir.

Zwischen unseren Toten bestand ein entsetzlicher Zusammenhang.

„Ob sie es bereits wusste?"

Es hätte wohl auch für mich keine besondere Rolle gespielt.

Elisabeth hatte diesen Verwandlungen nichts mehr entgegenzusetzen.

Sie war schwach, hörte Stimmen.

Sie hatten bereits, ohne nennenswerte Gegenwehr, vor längerer Zeit von ihr Besitz ergriffen, sie war ihre Marionette geworden...ich war es noch nicht.

Sie konnten zwar meine Umgebung ergreifen, sie nach ihren Gesetzen verändern und gestalten, mich jedoch nicht.

Ich war der Hauptdarsteller, der Zauberer in diesem Schattenspiel und sie konnten mir scheinbar nichts anhaben.

Ich erinnerte mich an Platons Höhlengleichnis…

„War ich Einer…der aufstehen musste, um aus der Höhle ins Licht zu gehen…weil nur dort die Ursachen dieser Schatten und damit auch dieses Schattenspiels zu ergründen waren…?"

Ich war bereits außerhalb der Höhle angekommen…

Eben wurde ich noch vom südlichen Licht der spätherbstlichen Sonne…vom „Zauber der Dinge"…der Magie geblendet…

Ich spürte, wie sie mit ihren unsichtbaren eisigen Leichenhänden nach mir greifen…mich in ihr dämonisches Schattenreich ziehen wollte…aber ihr fehlte gegen mich die nötige „Kraft"…

Sie war jetzt gleichzeitig auch hier, in meinem Haus, nicht mehr nur in diesem düsteren, halb verfallenen Haus…in dem Bergdorf im Nationalpark…in den süditalienischen Bergen.

Von hier war sie, von mir damals noch unbemerkt, aufgebrochen in jenes eisige Schattenreich, aus dem sie jetzt mit ihrer ganzen Kraft ihre kalten Hände nach mir ausstreckte.

„Aber wie hatte sie Elisabeths Mann oder er sie kennengelernt?"

Sie mussten sich bereits vor ihrem Tod begegnet sein.

Auch Elisabeths Mann dürfte mit seinem Motorrad Selbstmord begangen haben.

Denn nur der Selbstmord konnte ihnen die Tür in jenes Schattenreich geöffnet gehabt haben, aus dem sie, wie bereits schon in Süditalien, nach mir griff.

Sie war es…aber ich hatte sie erst jetzt erkannt…

Jacky war keine Andere, als meine vor Jahren verstorbene Frau Jacqueline…so wie Frank der verstorbene Mann Elisabeths war…

164

Das hatten Elisabeth und ich auf jeden Fall gemeinsam.

Zu ihren Lebzeiten wussten wir reichlich wenig, oder ignorierten ihre Signale, über das „schattige" Doppelleben unserer verstorbenen Lebenspartner und ihre „Zukunftsabsichten".

Es war draußen dunkel geworden, war nebelig und nieselte noch immer.

Ich holte mir ein neues Rotweinglas.

Die Scherben des zerbrochenen Glases hatte ich weggeräumt und den Fleck auf dem Teppich ignoriert.

Ich goss mir Rotwein ein, zündete mir eine Zigarette an und betrachtete die Glut im Kamin.

Ich legte Holz nach und eine Platte von Billy Holiday auf.

Ich hatte den Inhalt meines Tankrucksacks auf die Sitzfläche eines Ohrensessels gekippt.

Während ich an meinem Rotwein nippte und meine Zigarette ausdrückte, klingelte es an der Haustür.

22

Als ich öffnete, stand ein schwarzer Lamborghini mit italienischem Kennzeichen im Hof.

Sie hatten sich neben der Eingangstür versteckt und sprangen jetzt laut schreiend auf mich zu.

„Hallo, Sven!", riefen sie gleichzeitig.

Es waren Luigi, Rodney und auch Johanna.

Rodney wirkte etwas mitgenommen.

Er hatte die gesamte Reise auf der Rückbank „erlebt".

Sie mussten meine Adresse über das Motorradkennzeichen herausgefunden haben.

„Woher wussten sie, dass ich bereits hier in Duisburg bin? Warum besuchten sie mich?"

Ich begrüßte Sie erstaunt und bat sie herein.

Sie wirkten auch alle sehr überrascht.

Sie hatten mich wohl eher in einem Reiheneigenheim mit großer Doppelgarage vermutet, in der zwei große Werkbänke und ein alter BMW standen, viele Ersatzteile für mein Motorrad herumlagen und jede Menge Werkzeug an den Wänden hing und in Regalen verstaut war.

Wir setzten uns alle um den Kamin und ich öffnete noch einen Flasche Rotwein, holte Gläser und goss ihnen ein.

Luigi ergriff jetzt das Wort und sagte, seit ich weg war, seien „viele schlimme Sachen" passiert, weswegen sie sich alle kurzfristig entschieden hätten, hierher zu fahren.

Gianna, Luigis Frau, hatte sich und vorher ihren Riesenschnauzer Abanizer hinterm Haus erschossen.

Melissa, Rodneys Schwester, lag mit schwersten Brandverletzungen in einer Uniklinik. Vermutlich würde sie sterben. Sie war im künstlichen Koma auf einer Verbrennungsintensivstation, wohin sie mit einem Rettungshubschrauber nach ihrem Unfall sofort gebracht wurde.

Melissa war mit ihrem Motorrad an einem sonnigen Tag ins Gebirge gefahren, als während der Fahrt plötzlich ihr Tank explodierte. Ein Pkw-Fahrer hatte es gesehen und löschte sie mit einer Decke, rief den Rettungsdienst und leistete ihr erste Hilfe.

„Es war meine Idee, zu Dir zu fahren", sagte jetzt Johanna. „Du musst uns helfen. Meine Mutter ist seit Tagen verschwunden. Irgendetwas Unheimliches wird noch passieren."

Ich bat Johanna aufzustehen und mit mir in den ersten Stock zu gehen.

Luigi und Rodney sollten uns für einen Moment allein lassen, was sie sofort akzeptierten.

Wir betraten den Raum mit der Terrasse.

Ich öffnete die großen Flügeltüren und merkte, wie Johanna stockte.

Sie stellte sich hinter mich, als hätte sie panische Angst vor dem, was sie gleich zu Gesicht bekommen würde…

Ich ging hinaus und zog Johanna hinter mir her.

Es war nebelig.

Nur die alten Buchen am Ende des Parks waren erstaunlich gut zu erkennen.

Johanna schrie entsetzt auf, als sie die Buchen sah und rannte ins Haus zurück.

Sie war nassgeschwitzt und zitterte am ganzen Körper.

„Dort ist der Eingang zur Hölle, Sven, zur Hölle…ist Dir das eigentlich klar?"

Ich half ihr in einen großen Sessel und antwortete ihr trocken: „Nein, liebe Johanna…Du magst ja aus der Hölle kommen, zumindest bezüglich Deiner Abstammung liegt meinerseits dieser Verdacht doch sehr nahe, aber da vorne, bei den Buchen, ist vielleicht nicht nur ein Eingang…sondern vielmehr auch der Ausgang aus der Hölle, denn wo Du hineingehen kannst, wirst Du vielleicht auch wieder hinausgelangen können…".

Johanna hatte aufgehört zu zittern und wirkte jetzt sehr gefasst.

„Wir brauchen zwei Kinder, gezeugt mit zwei Frauen, ein Mädchen und einen Jungen. Die Frau mit dem Jungen muss eine Untote sein und muss das Kind unehelich gebären. Ihr Kind wird geopfert und sie wird danach mit ihrem Kind ins Schattenreich zurückkehren. Beide Kinder müssen mit dem gleichen Mann gezeugt sein. Er muss starke magische Kräfte besitzen, die auch auf die Frauen und ihre Kinder übergehen. Die Frau mit dem Mädchen darf keine Untote sein. Sie wird unehelich gebären und mit ihrer Tochter die Traditionen und Rituale fortsetzen und weiterleben. Meine Mutter sagte noch vor ihrem Verschwinden, inzwischen seien zwei Frauen von Dir schwanger und ich werde die Tochter gebären und unsere Tradition, die der „singenden Kinder", damit fortsetzen."

Johanna hatte mir nun zwar „des Rätsels Lösung" verraten, zumindest bezüglich der rituellen Abläufe. Ein „Warum?" war damit aber nicht beantwortet.

Ich hatte allerdings jetzt den Verdacht, dass Irgendetwas nicht so laufen konnte, wie ihre Mutter, die Dämonin, sich den weiteren Verlauf vorgestellt hatte.

Es musste unmittelbar auch mit mir zu tun haben, sonst wäre ihre dämonische Tochter Johanna jetzt nicht hier.

Außerdem wusste sie von ihrer Schwangerschaft bereits nach ungewöhnlich kurzer Zeit. Sie hatte mir diese Neuigkeit auch eben auf höchst ungewöhnliche Weise mitgeteilt.

Ich schloss die Türen zur Terrasse und bat Johanna, ohne weiteren Kommentar, wieder mit mir zu den Anderen im Kaminzimmer zurückzukehren.

Sie war überrascht über meine emotionslos wirkende Reaktion, folgte mir jedoch schweigend…

Rodney, Luigi und Johanna wirkten sehr niedergeschlagen und sahen in mir eine Art Erlöser, einen guten Zauberer, der ihnen irgendwie helfen konnte.

Ich war alles andere, als bereit, diese Rolle anzunehmen.

Auch wollte ich erst dann glauben, erneut Vater geworden zu sein, wenn dies sicher, zum Beispiel durch einen Vaterschaftstest, nachgewiesen werden sollte.

Sie spürten alle, dass ich momentan nur schwer auf die von ihnen berichteten Ereignisse eingehen konnte und wollte und auch in keiner Weise auf die Beherbergung von Gästen eingestellt war.

Ich hätte bis kurz vor ihrem Eintreffen nicht einmal für mich selbst behaupten können, ob ich wirklich in diesem Haus übernachten wollte…

Ich teilte ihnen meine Gefühle und meine Erlebnisse, die ich in diesem Haus in den letzten Stunden hatte, mit.

Sie blickten mich mit versteinerten Mienen fassungslos an.

Sie wussten noch nichts Genaueres, allerdings war ich mir bei Johanna nicht ganz sicher, über den Selbstmord meiner letzten Frau.

Ich vermied ihren Namen zu nennen, beschrieb aber die mysteriösen Umstände ihres Todes und meine Vermutung eines dämonischen rituellen Zaubers.

Johanna fragte mich jetzt plötzlich, ob ich „den Brief" schon gelesen hätte.

Luigi und Rodney schauten Johanna überrascht an und fragten sie sogleich, ob sie mir vorher geschrieben hätte…

Ich gab mich ahnungslos und fragte sie nur, welchen Brief sie meinte, worauf sie uns allerdings keine Antwort gab…

Für mich war jetzt der Zeitpunkt gekommen, Johanna aus meinem Haus zu werfen.

Sie schrie daraufhin wie eine Furie und verfluchte mich anhaltend.

Sie hatte nur eine kleine Tasche bei sich.

Luigi bot ihr an, sie zum Flughafen zu bringen, was sie aber schimpfend und schreiend ablehnte.

Sie überzog mich noch mit einer Fülle österreichischer Schimpfwörter und knallte dann meine Haustür heftigst hinter sich zu und verschwand im nebligen Dunkeln.

„Gott sei Dank!", dachte ich.

Luigi und Rodney waren sichtlich verwundert über meine, auf den ersten Blick betrachtet, sicherlich harte Reaktion.

Trotzdem signalisierten sie Verständnis.

Sie schienen Johanna, ähnlich wie ich, nicht unbedingt zu trauen, waren aber von ihrem Aussehen und ihrer Ausstrahlung sehr fasziniert.

Wir hatten jetzt alle endlich den Zeitpunkt erreicht, uns freundschaftlich zuzuprosten.

Wir besprachen, ob wir alle in meinem Haus übernachten, oder vielleicht heute eher in ein Hotel gehen sollten, bis dann morgen, im Verlauf des Tages, mein Haus mit Nahrungsmitteln und eventuell sonst noch Fehlendem ausgestattet war.

Vorher wollte ich noch einige Freunde und Heidrun, meine „Hausverwalterin", anrufen und alle zu meinem Lieblingsitaliener einladen.

Luigi und Rodney waren sofort begeistert. Ihre Niedergeschlagenheit wich zunehmend ihrer alten Unternehmungslust. Während ich telefonisch alles organisierte, baute Rodney einen Joint, den wir, bevor unser Taxi kam, noch genüsslich rauchten, dazu tranken wir unsere Gläser leer.

Trotz meines gegenteiligen Eindrucks, allerdings kannte ich ja sowohl Gianna als auch Melissa kaum, hatten Luigi zu seiner Frau und Rodney zu seiner Schwester scheinbar in letzter Zeit nur noch eine sehr oberflächliche Beziehung gehabt.

Sie wirkten jetzt sehr entspannt.

Luigi war kaum traurig und Rodney hätte sich ja zum Beispiel nach Melissas Zustand telefonisch in der Klinik erkundigen können, der ihn aber offensichtlich nicht sonderlich interessierte.

In diesem Moment klingelte Luigis Handy. Rodney besaß keines und hatte daher Luigis Handy-Nummer in der Klinik hinterlassen. Am Telefon war ein Arzt, der Luigi mitteilte, dass Melissa soeben auf der Intensivstation verstorben war.

Rodney stand auf und wankte zur Toilette.

Wir hörten ihn schluchzen, da die Tür zum Flur offen stand.

In diesem Moment klingelte auch der Taxi-Fahrer.

Wir baten ihn, zu warten und nach einigen Minuten kam Rodney aus der Toilette und signalisierte uns, er wäre jetzt bereit, mit uns zum Restaurant zu fahren.

Beim „Italiener" wurde die Stimmung schnell „gehobener".

Etliche alte Freunde und Heidrun warteten bereits auf uns an einem großen Zwölfpersonen-Tisch, der festlich gedeckt war. Wir saßen in einem Nebenraum mit einem offenen Kamin, in dem ein Feuer behaglich knisterte.

Hier war Rauchen erlaubt.

Nachdem wir und der Wirt uns überschwänglich begrüßt hatten, brachte uns der Ober einen Aperitif und danach die Menü- und die Weinkarte.

Wir waren schnell in lebhafte Gespräche verwickelt und Heidrun erklärte mir zwischendrin, sie habe bereits einen Lieferservice damit beauftragt, uns morgen früh frische Brötchen und so weiter ins Haus zu bringen. Wir entschieden uns daher, bei mir zu übernachten und nicht in ein Hotel zu gehen. Ich fragte Heidrun, ob sie nicht morgen mit uns frühstücken wolle, damit wir alles Weitere besprechen konnten. Sie sagte zu.

Es war gerade Fisch-Woche und wir entschieden uns alle für ein mehrgängiges Fischmenü.

Die Vorspeise begleitete ein Pinot-Blanc aus Venetien.

Es folgten mehrere Primi, kleine Meeresfischfilets auf verschiedene Weise zubereitet, dazu jeweils nur ein speziell ausgesuchtes Gemüse und unterschiedliche Saucen mit jeweils anderen Nudeln oder kleinen gefüllten Teigtaschen.

Zu den Primi hatten wir einen Chardonnay ausgesucht, der uns dann auch bei den Secondi weiter begleitete.

Den Abschluss bildeten ein Parfait und noch verschiedene Dolce.

Dazu tranken wir einen Rosenmuskateller aus Südtirol, danach noch einen doppelten Espresso.

Da sich kein Nichtraucher unter uns befand, freuten sich offensichtlich alle bereits auf eine Zigarette zum Espresso und während der Rauch immer mehr den Raum füllte, legte der Ober jetzt noch zwei große Holzscheite auf die Glut im offenen Kamin.

Der Wirt und sein Bruder, der Chefkoch, zwei Sizilianer aus Palermo, hatten sich jetzt auch zu uns gesetzt.

Der Wirt hatte beim Ober Gläser für uns bestellt und eine große Flasche Chardonnay-Grappa mitgebracht.

Gleichzeitig hatte sein Bruder, der Koch, einen sizilianischen, im Barrique ausgebauten Rotwein dekantiert und bot ihn uns zum Probieren an.

Wir genossen nach den umfangreichen Segnungen dieser ausgezeichneten Küche jetzt noch diese köstlichen Tröpfchen, nicht ohne immer wieder den Koch und seinen Bruder ausgiebig zu loben.

Die Zeit verflog, von uns nahezu unbemerkt, da wir alle in intensive Gespräche vertieft waren, viele hatten auch mit unterschiedlichsten Erlebnissen in Italien zu tun.

Es war bereits kurz vor Mitternacht und ich bat den Wirt um die Rechnung.

Einige wollten danach noch in ein Nachtlokal gehen. Luigi, Rodney und ich schlossen uns ihnen an. Taxis standen in der Nähe des Restaurants.

23

In der Kneipe setzten wir uns etwas abseits an einen kleinen Tisch.

Einige Freunde und Heidrun waren bereits nach Hause gefahren.

Die Anderen hatten hier noch Bekannte getroffen, mit denen sie sich jetzt unterhielten.

Rodney wollte mir einige Details zu den „singenden Kindern" mitteilen, über die er vorher bereits mit Luigi ausführlich, vor ihrer Reise zu mir, gesprochen hatte.

„Die alte Gräfin ist eine weltweit herrschende Dämonin und schwarzmagische Hexe, die dem uralten Bündnis der „singenden Kinder" vorsteht und ihre Traditionen und Rituale wahrt."

„Die „singenden Kinder" beherrschen eine Schattenwelt, ein Raum zwischen Leben und Hölle, eine dämonische Welt zwischen Leben und Tod."

„Sie zelebrieren die dämonische Wiedergeburt jährlich am dreizehnten Dezember, dem Tag der Lucia."

„Die Schattendämonin, eine untote Mutter, tötet, am Kopfende eines Sarkophages stehend, mit einem großen verhexten Messer ihren unehelichen Säugling, dessen Blut im Todeskampf weitere Untote erweckt."

„Nur durch den rituellen Selbstmord können Menschen in das Schattenreich gelangen, von wo aus sie durch die Ritualmorde an männlichen Säuglingen einer Untoten als dämonisch von den „singenden Kindern" abhängige Untote auf die Welt zurückkehren."

„Es sind immer sieben „singende Kinder", ausschließlich weibliche, die das Ritual vollziehen, wobei immer eine, die mit dem Messer ihr männliches Kind ersticht, am Kopfende des Sarkophages steht und als einzige der sieben schwarzen Hexen eine Untote ist."

„Nachdem ihr Kind gestorben ist, beginnt der Zerfall ihres Kindes und ihr eigener."

„Ihr Kind verfault, noch während das Blut aus ihm herausspritzt, im Sarkophag innerhalb kurzer Zeit und entweicht danach in die Schattenwelt."

„Die Untote Mutter verfault und mumifiziert innerhalb weniger Stunden bei „lebendigem Leibe" und entweicht ebenfalls in die Schattenwelt."

„An die siebte Stelle am Kopfende des Sarkophages tritt im nächsten Jahr wieder eine neue Untote, die als „singendes Kind" ihren unehelichen männlichen Säugling opfern wird."

„Unter den sieben „singenden Kindern" befindet sich noch eine weitere schwarze Hexe mit einem weiblichen unehelichen Säugling."

„Diese Frau und danach wieder ihre Tochter bewahren an exponierter dämonischer Stelle den Fortbestand der „singenden Kinder"."

„Es sind immer nur uneheliche Kinder der obersten Hexe, die nach ihrem „Verschwinden" an ihre Stelle treten."

„Die männlichen Kinder der Untoten und die weiblichen der unehelichen Tochter der obersten Hexe müssen mit einem einzigen sehr starken weißmagischen Zauberer, durch die „dämonische Doppelzeugung", innerhalb von vierundzwanzig Stunden gezeugt werden."

„Wird die Tochter der obersten Hexe dabei nicht mit einer unehelichen Tochter schwanger, besteht die Möglichkeit, dass die Untote nach der Geburt mit ihrem Sohn, ohne dass dieser geopfert wird, in die Welt der Lebenden mit ihm gemeinsam zurückkehren kann."

„Der rituelle Weg und der Fortbestand der „singenden Kinder" wäre dann gefährdet."

Ich fragte Rodney, ob er sich mit der alten Abtei und mit der verfallenden Höhlen-Basilika und ihren Doppelfresken, seitlich der Apsis, auch schon befasst habe und er nickte ganz stark mit seinem Kopf.

„Bei Dir im Garten, bei den alten Buchen, befindet sich ein Ausgang aus der Schattenwelt, zurück in die Welt der Lebenden."

„Das hat mit einem Vorbesitzer Deiner Villa zu tun."

„Die beiden gleichen Fresken in der Höhlenbasilika schützen vor den „singenden Kindern", sie können sie unmittelbar bannen."

„Untote werden beim Anblick dieser Fresken sofort in den „Verwesungsprozess bei lebendigem Leibe" versetzt und müssen nach ihrem Tod in die Schattenwelt zurückkehren."

„Die alte Abtei, mit den Sarkophagen im Gewölbekeller, ist bereits Teil der Schattenwelt und dämonischer Eingang und Ausgang zugleich."

„In ihr laufen alle „dämonischen Zauberfäden" der „singenden Kinder" zusammen…Von hier geht aller dämonischer Zauber aus und hier findet auch das Tötungsritual des männlichen Säuglings, alljährlich am Tag der Lucia, in der Nacht zum dreizehnten Dezember, statt."

Wir sahen uns eine ganze Weile fassungslos an, rauchten alle drei hektisch eine Zigarette nach der anderen.

Obwohl ich inzwischen, so wie Luigi bestimmt auch, einiges über die mysteriösen Vorgänge der letzten Wochen herausgefunden hatte, so verschlugen uns Rodneys Ausführungen doch regelrecht die Sprache.

„Drei doppelte Ouso, bitte!", bestellte ich bei der Kellnerin.

Die brauchten wir jetzt…

Wir waren uns alle einig, hier jetzt keinen weiteren Satz mehr über unsere gemeinsam erlebte Horrorgeschichte verlieren zu wollen.

Andererseits waren wir nicht gerade in einer Stimmung, in der wir die restliche Nacht, vielleicht direkt bis zum Frühstück, ausgelassen durchgefeiert hätten.

24

Am Nebentisch räkelten sich mehrere durchgestylte junge Damen, deren Alter Anfang Zwanzig gelegen haben dürfte…

Fast alle fummelten nahezu ununterbrochen an ihren Handys herum und beobachteten uns schon geraume Zeit, versuchten eigentlich dauernd irgendwie unsere Aufmerksamkeit zu erregen.

Rodney war natürlich wieder gekleidet wie der Gründer, der Erleuchtete, einer neuen Satanistenkirche und Luigi hatte, wie immer, seine Designersonnenbrille über seiner Stirn in die Haare gesteckt, wirkte wie ein süditalienischer Großindustrieller, den sein Chauffeur zuerst vom Düsseldorfer Flughafen in seine Suite im Steigenberger und danach weiter in diese Kneipe gefahren hatte.

Vielleicht hielten mich die jungen Damen ja für den gutaussehenden Leibarzt der beiden Irren, jedenfalls schien jeder von uns bei Ihnen ein gesteigertes Interesse zu wecken.

Luigi meinte jetzt, er müsse doch dringend zur Toilette und setzte sich danach direkt an ihren Tisch, währenddessen sie fast gleichzeitig erwartungsvoll kicherten…

"Wer bist Du denn?", fragte jetzt eine der vier duftenden Orchideen Luigi aufdringlich neugierig.

Luigi verstand zwar Deutsch, konnte es aber nur wenig sprechen.

Er überzog sie jetzt alle vier auf Englisch mit seinem süditalienischen Charme und der Unmittelbarkeit eines postrevolutionären Altachtundsechzigers.

Kurzum, wir setzten uns umgehend mit dazu und befanden uns schnell in angeregten Unterhaltungen mit den vier jungen Schönheiten.

Die Kneipe hatte scheinbar keine Sperrstunde und eine durchaus exklusive Getränkekarte.

Kleine Imbisse gab es auch.

Auf den Barhockern an der Theke hatten inzwischen zahlreiche Damen und Herren des professionellen Rotlichtmilieus Platz genommen und tranken Champagner.

Das schien uns genau jetzt auch das geeignete Getränk zu sein und wir bestellten gleich mehrere Flaschen eines ausgezeichneten Jahrgangschampagners, dazu Austern mit Weißbrot, an unseren Tisch.

Es entwickelte sich bald eine knisternd erotische und ausgelassene Stimmung.

Die jungen Damen waren offensichtlich ausnahmslos stark von uns beeindruckt und schienen uns auch gerne in mein Haus begleiten zu wollen.

Wir fuhren also gemeinsam, gut angeheitert, in den frühen Morgenstunden mit einem Großraumtaxi zu mir.

Ich durfte nicht vergessen, Heidrun einen Zettel zu schreiben, sie möge doch bitte einfach nach ihrem Gutdünken und ihrer langjährigen Erfahrung alles besorgen lassen, was in einem Haushalt mit mehreren Besuchern vielleicht für mehrere Tage benötigt würde.

Der Getränkevorrat hätte uns allen, selbst wenn wir mehrere größere Partys gefeiert hätten, durchaus noch Monate gereicht.

„Bitte nicht wecken, da wir „durchgefeiert" haben…Wir telefonieren, und besprechen dann alles Weitere."

Den großen Zettel klebte ich in der Eingangshalle gut sichtbar mit Tesafilm an das Treppengeländer.

Die Damen wirkten zwar jetzt, scheinbar durch meine „exklusive Wohnanlage" verursacht, etwas verschüchtert, jedoch konnte ich durch einige lockere Sprüche und einige kurze biographische Erläuterungen über mich, ihre kurzfristige Distanz schnell wieder auflösen.

Wir gingen direkt ins Kaminzimmer.

Ich legte Holz in die noch ein Wenig vorhandene Glut, bevor Luigi und ich in den Weinkeller gingen, um unsere Getränke auszusuchen.

Rodney hielt unterdessen unsere vier hübschen Begleiterinnen bei Laune.

Als wir mit Gläsern und Wein zurückkehrten, hatte Luigi sofort wieder seinen Blick des Eroberers und lüsternen Verführers und Rodney den des ekstatischen Predigers, des Heilers, aufgesetzt.

Ob ein Espresso und ein kleiner Imbiss die immer schläfriger wirkenden Frauen noch „aufgerichtet" hätten, bezweifelte ich stark.

Da sie keinerlei Andeutungen machten, sich irgendwohin heimwärts begeben zu wollen, ging ich kurz in die oberen Etagen, um die Gästezimmer zu begutachten.

Die Betten waren frisch bezogen, es roch nicht muffig und die Raumtemperatur war überall angenehm.

Ich verspürte bisher nirgends im Haus mehr etwas „Unheimliches".

Als ich zu den Anderen wieder zurückkehrte, machten sich zwei unserer Begleiterin schon heftig an Luigi zu schaffen, während die lautstärkste und offensichtlich auch Betrunkenste der Vier sich eindeutig für Rodney entschieden hatte.

Die Beiden waren bereits dabei, unter lautem Gekichere, sich gegenseitig die Kleidung zu entfernen.

Ich musste ihnen daher nur kurz erklären, wo ihre „Nachtquartiere" lagen und sofort verschwanden sie auch schon mit ihrem Wein dorthin…

Die einzige Jeansfrau, die mit den Sommersprossen und den rotbraunen langen Haaren, die Schweigsamste, saß mit ihrer Zigarette vor ihrem halbvollen Weinglas…neben einer flackernden Kerze.

Wir betrachteten uns wortlos, rauchten und tranken Wein.

Wir wählten unseren Platz vor dem Kaminfeuer…

Mir kam es vor, als hätte ich überhaupt nicht, oder höchstens zehn Minuten, geschlafen, als mich den Gong meiner Eingangstür unsanft weckte.

Wenig später stand Heidrun, sie wollte sich offenbar vorher ankündigen, denn sie besaß ja einen Schlüssel, in der Eingangshalle.

Ich hatte mich blitzschnell angezogen und begrüßte sie verkatert und schlaftrunken.

Sie lächelte und wir gingen in die Küche, wo wir uns als Erstes einen doppelten Espresso gönnten.

Inzwischen hörten wir Gepolter im Treppenhaus.

Rodney und seine nächtliche Begleiterin hatten offensichtlich beim Versuch, zu uns nach unten zu kommen, beide das Gleichgewicht verloren und lagen jetzt ausgestreckt im Foyer.

Als wir uns ihnen näherten um nachzusehen, ob sie sich vielleicht bei diesem Sturz verletzt hatten, waren sie bereits dabei aufzustehen.

Die blankpolierten alten Holzstufen hatten ihnen eine verletzungsfreie Rutschpartie in die Eingangshalle ermöglicht.

Sie humpelten hinter uns her in die Küche.

Inzwischen ging wieder der Gong der Eingangstür.

Unser Frühstück wurde gebracht.

Wir deckten gemeinsam den langen Tisch und aßen in der weitestgehend original erhaltenen großen Jugendstilküche, lediglich unauffällig ergänzt durch „moderne" Küchentechnologie.

Die liebevoll verzierte Stuckdecke und der Blick durch die großen geöffneten Flügeltüren zu einer Terrasse umrahmten einen freundlichen Novembermorgen.

Durch den glänzenden nebeligen Dunst schimmerte bereits die Sonne und gab immer mehr unseren Blick frei in den weiten spätherbstlichen Park.

Auch der, wie immer, perfekt gestylte Luigi und seine beiden einfältig kichernden Bachantinnen, hatten sich inzwischen zu uns gesellt.

Sie stand auf der Terrasse und rauchte, während sie in der anderen Hand ihren Espresso hielt.

Ihr rotbraunes langes Haar glänzte in der Novembersonne.

Sie wirkte zufrieden, vielleicht sogar ein wenig glücklich.

Ich betrachtete sie nur kurz, bevor ich genüsslich in mein knuspriges, mit Orangenmarmelade gefülltes Croissant biss und einen weiteren heißen doppelten Espresso schlürfte.

Unsere nächtlichen Begleiterinnen hatten es nach nur kurzem Frühstückszeremoniell offensichtlich sehr eilig, mein Haus wieder zu verlassen.

Ich rief ihnen ein Taxi und ohne Austausch von Adressen verließen sie uns mit einem lauten, gezogenen, „Tüüss!" und fuhren davon.

Wir sahen uns danach im Foyer alle gemeinsam kurz an und mussten herzhaft lachen.

Dann gingen wir zurück in die Küche.

Jetzt war die Gelegenheit, mit Heidrun die sich ankündigen Ereignisse zu besprechen.

Mir war unklar, inwieweit sie die Verwandlungen einzuschätzen vermochte.

Wir hatten erstaunlicherweise weder über den Tod Jaquelines noch über die in den folgenden Jahren sich abzeichnenden Veränderungen längere Gespräche geführt.

Heidrun war alleinstehend.

Sie hatte keine Kinder und ihr letzter langjähriger Lebensgefährte war bei einer Klettertour in den französischen Alpen vor Jahren verschollen, wurde bis heute nicht gefunden.

Sie war nicht groß, sportlich und gutaussehend.

Sie war früher Textilfabrikantin, hatte ein riesiges Vermögen geerbt und sich verspekuliert, war Opfer der internationalen Entwicklungen in der Textilindustrie geworden und hatte fast alles verloren.

Sie besaß in der Nähe noch eine Eigentumswohnung und bezog eine kleine Rente.

Sie litt nach ihrem fast vollständigen Vermögensverlust jahrelang unter schwersten Depressionen, wurde frühverrentet.

Sie war der gute Geist dieses Hauses und ein eher ängstlicher Mensch.

Mysteriöse Vorgänge und dämonische Zusammenhänge hätten sie zutiefst beunruhigt.

Es war also ausgeschlossen, sie mit den magischen Prozessen der letzten Jahre und den dämonischen Ereignissen in Süditalien unmittelbar zu konfrontieren.

Ich erklärte ihr daher, dass ich zukünftig auch einen Teil des Jahres in Süditalien leben wollte und Luigi und Rodney Freunde waren, die mich über geeignete Immobilien informierten, damit wir hier bereits alles Weitere mit meiner Hausbank und meinem Steuerberater veranlassen zu konnten.

Heidrun und ich besprachen alles Wesentliche und waren uns schnell einig, dass sie auch weiterhin, wie bisher, mein Anwesen in Duisburg betreute und dafür ein monatliches Entgelt von mir erhielt.

Anfallende Kosten wurden ihr immer über meinen Steuerberater erstattet.

Ein guter Freund, ein Rechtsanwalt und Wirtschaftsprüfer, war mein Steuerberater und seine Kanzlei kümmerte sich auch um meine weiteren Immobilien und arbeitete vertrauensvoll mit meiner Hausbank zusammen.

Es war somit „alles geregelt und in besten Händen".

Heidrun verabschiedete sich und wünschte uns noch einen schönen Tag.

In diesem Moment klingelte Luigis Telefon.

Rodneys jüngster Bruder teilte Luigi mit sehr knappen Worten mit, sie hätten die Leiche Melissas mit dem Flugzeug nach Irland gebracht.

Dort würde sie beigesetzt und Rodney sei bei der Beerdigung seiner Schwester unerwünscht.

Als Luigi dies Rodney sagte, lachte er nur minutenlang hysterisch.

Danach schwieg er und rauchte nachdenklich auf der Terrasse.

25

Wir entschlossen uns, morgen gemeinsam nach Süditalien zurückzukehren.

Ich hatte vorher „alles Wichtige" mit meinem Steuerberater und meiner Bank geklärt.

Wir hatten meine Fahrzeugsammlung bewundert und fuhren mit dem Maserati zu einer kleinen Gartenwirtschaft an der Ruhr.

Es war sonnig und wir saßen draußen.

Wir bestellten uns ein kleines Mittagsmenü und dazu eine Flasche Rotwein.

Als Hauptgericht wurde ein Hasenrücken mit Beilagen serviert.

Der Frühburgunder wurde dekantiert und stammte aus dem Ahrtal.

Luigi war sichtlich überrascht, „dass so weit nördlich so gute Weine gedeihen".

Wir begannen nach dem Nachtisch damit, wir hatten uns noch eine Flasche Wein bestellt, unsere weiteren Schritte gegen die „singenden Kinder" zu erkunden.

„Wie wollen wir eigentlich weiter vorgehen…mir ist dass Alles noch völlig unklar…", meinte Rodney immer wieder.

Wie ich im Verlauf des Gesprächs heraushörte, waren sich sowohl Luigi als auch Rodney sicher, dass der Tod Melissas, Giannas und auch der des

Hundes auf dämonische Kräfte „der singenden Kinder" zurückzuführen waren.

„Es ist nicht falsch, wenn wir behaupten, dass die „singenden Kinder" sie umgebracht haben", sagte Luigi.

„Warum habt ihr Johanna mitgebracht? Hattet ihr eigentlich überhaupt keine Ahnung, wer diese Frau ist?", fragte ich die Beiden.

Sie waren offensichtlich ahnungslos.

Johanna hatten sie bei Anita und Vincente getroffen und ihr, aus welchem Grund auch immer, über ihre tragischen Erlebnisse berichtet und Johanna hatte sie dann, irgendwie, überzeugt, zu mir zu fahren und ihre Mitreise nach Duisburg durchgesetzt.

Sie war gefährlich, dass erkannten im weiteren Verlauf unserer Unterhaltung jetzt auch Luigi und Rodney deutlich.

Wir mussten sie im Auge behalten, immerhin sollte sie das uneheliche Mädchen, die dämonische Nachfolgerin, gebären.

Aus unerklärlichen Gründen war ich mir aber ziemlich sicher, dass nur Jacky von mir schwanger war. Bei Johanna war vermutlich „etwas schiefgegangen"…

Ich sollte Recht behalten…

Wir hatten zwar noch keinen genauen Plan für unser weiteres Vorgehen, wollten aber morgen Richtung Süden frühzeitig aufbrechen.

Der weitere Nachmittag und auch der Abend verliefen ruhig.

Wir gingen nach dem Abendessen in der Taverne eines befreundeten Griechen alle früh zu Bett.

Luigi und Rodney waren am nächsten Morgen vorm Frühstück zum Bahnhof gefahren, um Zeitungen, Zigaretten und Tabak zu holen.

In einer der italienischsprachigen Zeitungen stand, dass die Tochter einer in Süditalien lebenden Gräfin sich gestern Nachmittag hinter Bonn bei voller Fahrt aus einem Zug gestürzt hatte und noch an der Unglücksstelle verstorben war.

Mitreisende hatten zwar ihr Vorhaben erkannt, konnten sie vor ihrem Sprung aus dem fahrenden Zug aber nicht mehr rechtzeitig zurückhalten.

„Sven! ...hast Du das schon gelesen...Johanna hat sich umgebracht", sagten Luigi und Rodney fast gleichzeitig.

Ich war mir ebenfalls ziemlich sicher, dass es sich bei dieser Toten eigentlich nur um Johanna handeln konnte.

Wir spürten aber jetzt auch alle, dass wir durch diese Nachricht nun weder von Trauer noch von Erleichterung ergriffen wurden.

Die Prophezeiung Johannas vor ihrem Tod, dass noch „Irgendetwas Unheimliches" passieren würde, begann langsam schärfere Konturen anzunehmen...

Sie musste etwas mit der in Kürze stattfindenden dämonischen Zeremonie am dreizehnten Dezember zu tun gehabt haben.

Johanna hatte offensichtlich klar erkannt, dass sie Teil einer „Verschwörung" geworden war und nicht, wie geplant, in jener Nacht von mir schwanger geworden war, auch wenn dies ihre dämonische Mutter ihr gegenüber behauptet hatte.

Johanna war die Tochter der obersten schwarzen Hexe und dürfte inzwischen fast gleich starke schwarzmagische Kräfte besessen haben.

Wenn also eine derart starke Hexe über den Selbstmord ins Schattenreich ging, so konnte sie eigentlich nur, nach Allem, was wir bisher wussten, als untote unbesiegbare höchste Dämonenhexe, während des Rituals am dreizehnten Dezember, zurückkehren wollen.

Sie wollte ihre Mutter endgültig im Schattenreich „verschwinden" lassen und selbst die dämonische Macht über die „singenden Kinder" und ihr höllisches dunkles Reich übernehmen...

Uns wurde jetzt schnell klar, dass uns nur noch sehr wenig Zeit blieb.

Dieses kommende Ritual würde, wenn wir nicht eingreifen konnten, den „singenden Kindern" einen unbeschreiblichen dämonischen Kraftzuwachs bescheren.

Mit einer untoten dämonischen Hexe an der Spitze gehörte dann fortan die Macht den Untoten.

„Die dämonische Doppelzeugung", die Zeugung auch „lebender" unehelicher weiblicher Nachfolgerinnen im Amt der höchsten Hexe, wäre ab diesem Zeitpunkt überflüssig geworden, da die höchste Hexe jetzt eine Untote war und natürlich fortan auch keinen „lebenden" Nachwuchs mehr brauchte .

Es wäre dann bedeutungslos, ob der getötete Säugling ein Junge oder ein Mädchen war, beide würden beim nächsten Tötungsritual an Lucia als Untote zurückkehren können.

Es mussten dann nur noch auch genügend Frauen sich zu Lebzeiten den „singenden Kindern" verschreiben und Selbstmord begehen, um in ihr Schattenreich zu gelangen, um danach am dreizehnten Dezember als Untote wieder aufzuerstehen.

Nur noch Untote mussten fortan dämonisch schwanger werden und am dreizehnten Dezember ihr Kind rituell töten...

26

Heidrun hatte gesehen, dass Luigis schwarzer Lamborghini noch im Hof stand und besuchte uns.

Sie hatte eine Tüte mit bereits belegten Brötchen und eine weitere Tüte mit frischen knusprigen Croissants mitgebracht.

Die doppelten Espressi waren schnell gemacht und es duftete jetzt in der Küche, wie in einem kleinen süditalienischen Kaffee.

Das Wetter war umgeschlagen.

Es war jetzt frostig und über Nacht war ein wenig Schnee gefallen.

Luigi hatte heute Morgen beim Zeitung- und Zigarettenholen bereits unangenehme Begegnungen mit der spiegelglatten Fahrbahn und dem Neuschnee hinter sich.

Mehrmals schlitterte der Lamborghini nur knapp an Kollisionen vorbei, wenn er sich wieder und wieder auf den belebten Strassen Duisburgs mit seinen breiten Sommerreifen drehte.

Luigi schaute immer wieder beunruhigt auf die mit Neuschnee bedeckte Terrasse vor der Küche.

In mir erwachte der Jagdinstinkt.

„Welches Auto passte wohl besser auf den noch freien Parkplatz neben dem Maserati, wenn nicht genau dieser schwarze Lamborghini Luigis?"

Ich lockte ihn zum Rauchen nach unserem Frühstück nach Draußen in den Schnee und dann direkt weiter in eines der großen Nebengebäude.

Da stand das große schwarze Offroad-Monster mit der Luxusausstattung und der größten Maschine, die es gab.

Ich hatte diesen VW-Boliden mit sehr gut wintertauglichen Ganzjahresreifen ausstatten lassen und vor meiner Motorradtour in den Süden in diesem Jahr als Neuwagen gekauft.

Der Wagen hatte noch keine viertausend Kilometer auf dem Tacho stehen und roch innen fabrikneu.

Luigis Augen glänzten, als ich ihm dieses Gefährt gegen seinen Lamborghini zum Tausch anbot und er war ohne jegliche Diskussion sofort einverstanden.

Heidrun war über diesen schnellen Handel zwar etwas verwundert, holte jedoch dann aus meinem Büro einen Kaufvertrag und die gesamten Fahrzeugunterlagen.

Luigi hatte seinen Kfz-Brief tatsächlich auch mitgenommen.

Wir unterzeichneten den Vertrag, tauschten Unterlagen und Fahrzeugbriefe und tranken danach ein Gläschen guten Champagner auf den gelungenen Deal.

Ich fuhr den Lamborghini zu meiner Werkstatt, die einige Straßen weiter am Waldrand lag.

Dort besaß ich eine kleine Fabrikanlage aus dem frühen neunzehnten Jahrhundert mit einer noch funktionsfähigen Dampfmaschine und einem ebenfalls noch funktionsfähigen alten Stromgenerator.

In der denkmalgeschützten kleinen Backsteinfabrik wurde bis in die sechziger Jahre nach dem zweiten Weltkrieg eine Weberei betrieben.

Ich hatte das gesamte Gelände günstig gekauft und herrichten lassen.

Die noch vorhandenen Webstühle waren alle voll funktionsfähig.

Heidrun war gerne hier.

Sie hatte hier schon oft mit Freunden interessant gemusterte Stoffe gewebt.

In der voll ausgestatteten Werkstatt der alten Fabrik befand sich jetzt auch meine Werkstatt.

Zwei pensionierte Kraftfahrzeugmeister kümmerten sich in der geräumigen Halle regelmäßig um das Wohlergehen meiner teilweise schon etwas betagteren Fuhrparkmitglieder.

Ich fuhr meinen Neuzugang in die Halle und rief danach Siegfried, einen der beiden Meister an, er möge den Wagen schnellstens vom Streusalz befreien, komplett durchsehen und, inklusive Reifenwechsel, winterfest machen.

Siegfried war über die Neuerwerbung hörbar begeistert und wollte „mit den Jungs sofort vorbeikucken und direkt voll loslegen".

Als ich wieder im Haus war, drückte ich Heidrun die Schlüssel des Wagens in die Hand und informierte sie über mein Telefonat mit „Siggi".

Ich besaß noch zwei gut ausgestattete straßentaugliche Landrover mit Seilwinde und Anhängerkupplung.

Unser Frühstück war beendet und es herrschte jetzt eine spürbare Aufbruchstimmung unter uns.

Ich fuhr einen der beiden Landrover auf den Hof und kuppelte ihm meinen breiten Motorradanhänger an. Auf den Anhänger schoben wir die weiße California-Motoguzzi und eine besonders im Gelände gut geeignete leichte Husquarna sechshundertzehn, befestigten die Maschinen gut und verzurrten über dem gesamten Anhänger eine wasserdichte Plane. Die Bol d´Or hatte sich eine Pause verdient und musste komplett überholt werden.

Luigi und ich waren seit vielen Jahren in verschiedenen Naturschutzprojekten aktiv, aber wir waren beide auch Jäger, besaßen einen gut sortierten Waffenschrank und hatten jeder einen Waffenschein, der uns sogar berechtigte, wenn wir wollten, ständig eine Schusswaffe mitzuführen. „Ich habe genügend Waffen zu Hause, Sven, Du brauchst von hier höchstens eine kräftige Pistole mitzunehmen." Ich packte einen amerikanischen Revolver und Munition in die Staukisten des Landrover und auch alle anderen Sachen, die ich vermutlich in der nächsten Zeit brauchen könnte.

Rodney konnte unseren Obsessionen eher wenig abgewinnen, ertrug unsere Leidenschaften jedoch geduldig.

Luigi fuhr seinen neuen Boliden ebenfalls auf den Hof.

Wir verabschiedeten uns von Heidrun und starteten Richtung Süden.

Rodney zog es vor, bei mir im langsameren Landrover mitzufahren.

Wir hatten für unterwegs keine Treffpunkte vereinbart. Unser Treffpunkt war der kleine Hafen im Fischerort…

Wir erlebten während teilweise dichtem Schneetreiben schon diverse Staus noch vor Frankfurt. Ab dem Spessart war die spiegelglatte Autobahn nur noch im Schritttempo befahrbar. Erst kurz vor München, es war bereits dunkel geworden, besserte sich die Wetterlage spürbar. Es lag kein Schnee mehr auf der Autobahn. Wir entschieden uns noch bis Innsbruck und von dort auf einer kleinen Nebenstrecke Richtung Brenner weiterzufahren. An der Strecke lag in einem kleinen Dorf ein Gasthof, den ich von früheren Motorradtouren her kannte. Wir hatten Glück. Obwohl es bereits kurz vor Mitternacht war, gab uns die freundliche Wirtin nicht nur ein gemütliches Zimmer mit Frühstück, sondern auch noch eine warme Mahlzeit. Sie hatten mich wiedererkannt und ihr Mann, der Koch, stellte sich für uns bereitwillig nochmals in die Küche. „Ihr könnt gerne bis Mittag schlafen und dann erst frühstücken", meinte die Wirtin, wir baten sie aber, uns um neun Uhr zu wecken. Wir aßen einen gemischten Teller mit Kalbs- und Schweinebraten, dazu Knödel und einen großen Salat. Der Wirt empfahl uns dazu einen Zweigelt Reserva, den er gelegentlich von einem kleinen Winzer bei Brixen holte, der noch mit Holzfässern arbeitete. So mit Köstlichkeiten verwöhnt, überfiel uns jetzt, nach einigen „Verdauungsschnapserln" vom Wirt, eine Müdigkeit, die uns bald auf unsere Zimmer trieb. Der nächste Morgen empfing uns mit strahlendem Sonnenschein. Wir waren dem Süden schon ein ganzes Stück näher gekommen und brachen mit einem guten Frühstück gestärkt, nachdem wir gezahlt und uns bei Allen verabschiedet hatten, Richtung Italien auf.

Noch vor dem Gardasee war es schon warm genug, dass wir unsere weitere Fahrt mit heruntergekurbelten Fenstern fortsetzten.

Wir kamen gut voran und hielten in einem kleinen Ort, unweit der Autobahn, um eine späte Mittagspause einzulegen.

Die Küche des kleinen Restaurants hatte gerade noch geöffnet. Wir aßen ein Nudelgericht und tranken danach einen kleinen Espresso, bezahlten und saßen noch einige Minuten in der warmen italienischen Sonne, während wir rauchten.

Erst weit nach Mitternacht, nach etlichen Rauch- und Espressopausen an Autobahnraststätten, erreichten wir den Fischerort.

Wir stellten den Landrover unter einer großen Palme im Hafen ab, stiegen beide tief atmend aus und genossen die milde Meeresluft und den einladenden nächtlichen Duft des „Südens".

Wir waren „angekommen" und in Luigis „Disco-Pub" brannte noch Licht. Auch hörten wir von dort Gitarrenmusik. Wir öffneten die Eingangstür und wurden von Luigi, der, wie seine noch zahlreichen Gäste, schon kräftig vom Rausch ergriffen war, überschwänglich begrüßt.

Luigi war mit seinem neuen Gefährt „durchgefahren", hatte sich dann einen Rausch angetrunken und für einige Stunden schlafen gelegt und danach beschlossen, ab sofort nicht mehr um seine tote Frau und um den toten Hund zu trauern. Er hatte seine Kneipe wieder geöffnet und feierte in dieser Nacht mit Freunden und Stammgästen und sie spielten gemeinsam auf ihren mitgebrachten akustischen Gitarren.

Die verstümmelte Leiche, Luigis Frau, war nach ihrem Selbstmord von den Carabinieri für kurze Zeit beschlagnahmt worden. Er hatte noch vor seiner Abreise nach Duisburg kurzfristig alle notwendigen Formalitäten erledigt, um ihren Leichnam verbrennen und ihre Urne danach auf irgendeinem Dorffriedhof, ohne Trauergäste, beisetzen zu lassen.

Der weitere Verbleib des toten Hundes blieb unklar. Vermutlich wurde er von einem Bekannten irgendwo im Gebirge vergraben.

Es war ein absurdes Theater, auf dessen Bühne wir unsere Rollen spielten. Wir waren von diesem düsteren Schattenspiel ergriffen, ohne seinen weiteren Verlauf, geschweige denn, wenn es überhaupt einen geben konnte, seinen Schluss zu kennen.

Luigi hatte sich offensichtlich sich selbst entzogen. Er war am Ende seiner Reise angekommen. Er empfand sich inzwischen selbst sinnlos. Warum sollte er also trauern?

Rodney hatte den „Disco-Pub" verlassen. Ich folgte ihm. Er war zur noch geschlossenen Bar von Anita und Vincente gegangen und saß dort allein auf einem der wackeligen Holzstühlen, blickte auf das glitzernde Meer, rauchte und weinte… „Es ist vorbei, Sven!" „Wir werden immer mehr wie „Sie." „Wir bewaffnen uns verzweifelt, rüsten uns aus, weil wir gespürt haben, wie sie uns unsere Kraft entziehen." „Wir sollten aufgeben." „Wir haben verloren."

Wir hatten nicht weiter gesprochen, rauchten immer wieder eine Zigarette und langsam dämmerte der Morgen am Horizont.

Es war nicht kalt.

Rodney weinte jetzt nicht mehr.

Hinter uns hörten wir ein klapperndes Geräusch.

Anita sperrte gerade die Tür der Bar auf und hatte uns nicht begrüßt.

Vielleicht hätte Sie sich gerade an diesem Morgen riesig gefreut, wenn sie nicht als Erstes uns zwei Irren vor ihrer Bar hätte sitzen gesehen.

Irgendwann kam sie dann raus, brachte uns wortlos zwei doppelte Espresso und einen Aschenbecher.

Dann ging sie zurück in die Bar und kehrte umgehend mit einer Flasche Grappa und drei Gläsern zu uns zurück.

Sie füllte alle Gläser mehr als zur Hälfte und trank ihr Glas nach einem schrillen „Salute!" ohne abzusetzen in einem Schluck leer.

„Nehmt Euch noch, wenn Ihr wollt!", meinte sie danach und ging zurück in die Bar.

Wir waren nicht müde, obwohl wir keine Sekunde geschlafen hatten.

Inzwischen waren auch Vincente und weitere Gäste eingetroffen.

Wir hatten keinen Hunger, rauchten viel, tranken weitere Espressi und weiter Grappa.

Vincente hatte sich mit einer Flasche Bier zu uns gesetzt und wirkte heute eher heiter.

Wir prosteten uns immer wieder zu und tranken uns einem sonnigen, milden Dezembermorgen entgegen.

Am Nebentisch war zwischen einer älteren abgetakelten Säuferin und einem jüngeren

Arbeitslosen ein lautstarker Streit darüber entbrannt, ob jetzt Bier oder Wein besser schmeckten.

Immer mehr Autos und Motorräder donnerten hinter uns vorbei.

Ab und zu tuckerte ein Fischkutter in den Hafen.

Der Ort war erwacht und alle Geräusche vermischten sich immer mehr, wurden insgesamt zunehmend lauter.

„Lass uns doch den heutigen Tag einfach so weiterlaufen…“, sagte Rodney lallend.

Ich konnte notfalls im ausgebauten hinteren Teil des Landrovers übernachten, musste mir also momentan nicht unbedingt gleich eine Unterkunft suchen.

Die Wassertemperatur lag um die achtzehn Grad, für mich eine noch erträgliche Badetemperatur.

Damit war das Duschproblem ebenfalls gelöst.

Rodney stand jetzt auf und wankte, ohne sich zu verabschieden, bergauf in Richtung seines Hauses.

Er war kurz zuvor in der Bar zur Toilette gegangen und hatte bei dieser Gelegenheit unsere gesamte gemeinsame Zeche bei Anita, wie sie mir auf mein Nachfragen mitteilte, bezahlt.

Ich stand auf und ging zum Ortsausgang an den Strand.

Kaum dort angekommen, schlief ich neben einem Fischerboot in der Morgensonne ein.

27

„Hallo Sven!...auch mal wieder im Lande…?"

Zuerst hielt ich es noch für einen Traum.

Als ich aber meine Augen öffnete, saßen Paul, Bernd und Jacky neben mir am Strand.

„Hast Du den Brief erhalten?", fragte mich Jacky.

Jetzt schoss es mir durch den Kopf…

"Ja schon, aber ich habe ihn noch nicht geöffnet und in Duisburg vergessen".

„So kenne ich meinen Sven", antwortete Jacky lächelnd.

„Es hat sich inzwischen eine neue Lage ergeben, eine äußerst gefährliche Lage."

„Du musst uns begleiten und einfach vertrauen, Sven…wir wollen vermutlich alle das Gleiche wie Du und benötigen zur Umsetzung unbedingt Deine Hilfe, nur Deine."

„Lass den schwachen Poser Rodney und den Looser Luigi hier."

„Die können beide nicht helfen. Denen fehlt es in jeder Hinsicht an der erforderlichen Kraft", fuhr Jacky fort.

Paul und Bernd sagten nur „Hallo Sven!", sonst diesmal nichts.

„Seid ihr die Beschützer meiner untoten mit meinem Sohn schwangeren Leichenfrau…und überhaupt, einer fehlt doch hier noch…unser gemeinsamer untoter Freund, der Leichenfrank...oder ist der in der Zwischenzeit vielleicht schon bei lebendigem Leibe, ohne dass ich was gemerkt hätte, verfault?"

Mir hing der ganze Mist jetzt langsam zum Hals raus.

Ich war stinksauer.

„Warum musste ich mir eigentlich dauernd über die Probleme meiner Exfrauen Gedanken machen?"

„Wobei die letzte, wohl ziemlich sicher die, die jetzt gerade am Strand mit ihren beiden Beschützern, einem ausgebrannten Soziologen und einem ausgeflippten Schwulen, neben mir saß, alles vorher Geschehene, nicht mehr zu überbietend, getoppt hatte."

„Sie hatte sich umgebracht, um Untote bei den „singenden Kindern" zu werden und wurde dann, sozusagen als Leiche, posthum, von mir nochmals schwanger...".

Ich sprang auf und rannte einfach vollbekleidet ins Meer, bis ich nahezu bis zum Hals drinstand.

Während Jacky am Strand stand und lauthals lachte, sprangen Paul und Bernd hinterher, weil sie scheinbar glaubten, ich wäre irgendwie ausgerastet und wollte mich vielleicht ertränken.

Als wir wieder triefend am Strand in der Sonne standen, musste ich den Beiden unbedingt noch mitteilen: „Da hätte ich mit Sicherheit zuerst Euch zwei Irre ertränkt, bevor ich an mich gedacht hätte…nur so wegen der Verständigung und der „Korrektness"…".

Während sich Paul und Bernd sichtlich zierten, zog ich mich nackt aus, wrang meine Sachen kräftig aus und zog sie danach wieder an.

Sie trockneten, abgesehen von den Schuhen in der intensiven Sonne schnell.

Ich steckte meine Socken in meine Hosentaschen, knotete beide nassen Schuhe zusammen und ging barfuss zum Ort zurück.

Die Anderen trotteten mir etwas mürrisch wortlos hinterher.

Bei Vincente und Anita stoppte ich und setzte mich an einen freien runden Blechtisch, direkt an der Kaimauer.

Das Meer platschte hier schäumend die Kaimauer empor.

Die Anderen setzten sich zu mir und begannen jetzt fast gleichzeitig hektisch auf mich einzureden.

Vincente brachte uns unterdessen allen eine Flasche mit eiskaltem Bier.

Unsere Zigaretten waren bei unserem kurzen „Badeausflug" nass geworden, aber Vincente hatte noch einen kleinen Vorrat und brachte uns einige Schachteln MS.

Wie sich herausstellte, wollten Sie, dass ich mit ihnen zu Jackys Wohnhaus in den Bergen fahre.

Auch Frank „lebte" noch, befand sich aber in einem geheimen Versteck. Es ging ihm sehr schlecht.

„Wir können Dir hier, wo Andere mithören, nicht mehr verraten. Bitte komm mit! ...", sagte Jacky zu mir.

Es schien sich um eine Verschwörung zu handeln. Meine Neugierde war jetzt hundertprozentig geweckt.

Ich zögerte nicht lange und sagte zu.

Ihre eisblauen Augen strahlten mich an...

Bernd wollte nun gerade wieder loslegen: „Kennst Du den schon?, Sven ...Da kommt ne Frau mit ihrem Freund zum Frauenarzt...", merkte aber unser aller Desinteresse und schwenkte in der ihm eigenen Art direkt um und meinte zu mir, sehr zum Entsetzen der Anderen, „Übrigens, Sven, wir haben die Oma".

Mir war klar, wen er damit meinte.

Sie hatten scheinbar Johannas Mutter, die dämonische Gräfin, irgendwie in ihre Gewalt gebracht.

Wir bezahlten und gingen in Richtung meines Landrovers.

„Hast Du mein Motorrad mitgebracht?", fragte mich Jacky.

„Ja, es ist auf dem Anhänger. Dein Halbschalenhelm und Deine Ledersachen sind in einer der Staukisten."

„Den Revolver habe ich uns mitgebracht, falls wir auf noch mehr Freiwillige treffen sollten, die sterben möchten, um Untote bei den „singenden Kindern" zu werden."

Jacky rempelte mich an und bedeutete mir, ich solle mit meinem bösen Spott sofort aufhören.

Sie öffnete den Jeep und suchte nach ihrer Motorradkleidung, während wir die Plane vom Anhänger entfernten und ihre Motoguzzi herunterschoben.

Sie hatte alles gefunden und legte ihre Sachen unter die Palme.

Sie blickte weinend ihr Motorrad an und drehte sich ruckartig herum und sprang mir mit einem blitzschnellen Satz auf den Arm und verschränkte ihre Unterschenkel über meinem Po.

Ihre Arme schlang sie ganz eng um meinen Hals, den sie, fast als wäre sie ein Vampir, aufs Heftigste intensiv küsste…

Natürlich musste Bernd aus dieser Szene umgehend einen Gag machen und so sprang er jetzt dem völlig verdutzten Paul auf den Arm und beide fielen der Länge nach unter die Palme.

Paul meinte danach noch zu Bernd, der heute wieder äußerst aufreizende Hotpants trug und grell geschminkt war, er sei aber nicht schwul, worauf ihm Bernd sofort konterte: „Das macht doch nichts, Paulimausi…“.

Jacky hatte ihre Motorradkleidung angezogen und ihre Sachen in den Koffern der Guzzi verstaut.

Ich gab ihr noch eine auf meinen Namen lautende Kreditkarte und die Geheimzahl, mit der sie, neben mir, begrenzt über eines meiner Konten verfügen konnte.

Ich ging davon aus, dass ich ihr trauen konnte und sie davon kein Geld den „singenden Kindern" „spenden" würde.

Die Schlüssel und die „Papiere" hatte ich ihr vorher schon gegeben.

Wir nahmen jetzt einen der großen Zwanzigliterkanister aus dem Jeep und füllten den Tank ihres Motorrades.

Jacky stieg auf, startete…und genoss das satte Gluckern der Guzzi, die sofort angesprungen war. Sie winkte kurz und dann brauste sie auf der Küstenstraße davon.

Sie waren mit dem Bus gekommen, da Bernds Jeep nicht angesprungen war.

Das war gut.

Bernd konnte meinen Landrover fahren und Paul mitnehmen und ich war ab sofort wieder Biker „im Süden".

Wir packten einen Rucksack mit den wichtigsten Sachen für mich, schoben die Husquarna vom Anhänger und stellten sie in der Nähe auf den Seitenständer.

Wir füllten ihren Tank und ich packte auch den Helm und meine Lederjacke in den Rucksack.

Nachdem ich Bernd den Autoschlüssel gegeben hatte, schlug ich den Beiden vor, noch hier zu bleiben.

Wir hatten alle genügend Platz zum Übernachten im Jeep.

Jacky würde sicherlich umgehend mit uns Kontakt aufnehmen, sollte sie unsere Hilfe benötigen.

Die Beiden waren sofort einverstanden.

Ich nahm meinen Rucksack mit und wir steuerten direkt auf die Bar von Anita und Vincente zu.

Es herrschte Hochbetrieb und sie brachten uns noch einen kleinen rostigen Blechtisch und Stühle raus. Wir rückten den Tisch, etwas abseits der anderen Gäste, unter die Pinie und schon stellte Vincente ein ganzes Tablett mit kühlem Flaschenbier darauf ab. Anita brachte noch einen verbeulten Blechaschenbecher.

Es war sonnig, fast sommerlich warm.

Wir waren umringt von absurden Theaterspielerinnen, Argonauten und Säufern.

Vincente hatte ebenfalls bei uns Platz genommen und wir prosteten uns zu.

Alle hier wirkten unternehmungslustig, ungezügelt, kaputt, gleichzeitig aber irgendwie doch noch erstaunlich zufrieden.

So, wie wir saßen, konnte unsere Unterhaltung von den anderen Gästen wohl kaum jemand mitverfolgen.

Vincente hatte unseren Tisch verlassen und bediente.

„Wo habt ihr die Gräfin denn versteckt?"

Paul wollte gerade, zumindest wirkte er so, zu einer längeren, umschweifenden Erklärung ausholen, als ihm Bernd auch schon zuvor kam.

„Hier im Ort, Sven…In ihrem Palazzo."

„Frank hat einen magischen Stein entdeckt, der aus einer Bruchsteinhausmauer in einem kleinen Bergdorf heraussteht."

„An dieser Mauer steht auch ein großer, verdörrter alter Rosenstrauch."

„Über der Eingangstür des Hauses ist ein Wappen eingemauert."

„Unmittelbar unterhalb dieses heraustehenden Steines befindet sich eine kleine Nische, in der, hinter einer kleinen Bruchsteinplatte, von Außen nicht erkennbar versteckt, ein altes magisches Buch und drei Amulette lagen."

„An allen drei Amuletten hing ein kleines geschnitztes Holztäfelchen mit der Abbildung der „singenden Kinder"…"

„Und wie kam Frank zu dieser ungewöhnlichen Entdeckung?"

„Das ist uns Beiden völlig schleierhaft, Sven."

„Jacky könnte mehr darüber wissen, hat es uns bisher aber noch nicht verraten."

„Jacky und Frank konnten das lateinisch geschriebene Buch übersetzen und brachten danach eines der Amulette zur Nische unter dem Stein zurück und verschlossen sie wieder."

„Hinter der baufälligen Olivenmühle auf Rodneys Grundstück führt ein Gang in den Berg."

„In dem alten Buch sind mehrere Karten, von denen eine in diesem Berg zu einer Halle führt, in deren Mitte sich ebenfalls ein magischer Stein befindet."

„Legt man eines der beiden verbliebenen Amulette unmittelbar vor Mitternacht an eine bestimmte Stelle dieses Steins, so ist die dämonische Gräfin, die oberste schwarze Hexe und Herrscherin der „singenden Kinder", sowohl persönlich, als auch mit all ihren Kräften in ihrem Palazzo gefangen, kann das Amulett selbst nicht mehr entfernen und auch ihren Palazzo aus eigener Kraft nicht mehr verlassen."

„Frank ist alleine dorthin gegangen und hat das Amulett rechtzeitig an seinen Platz gelegt."

„Danach verschlechterte sich allerdings sein „Zustand" dramatisch und er versteckte sich."

„Das dritte Amulett ist für Untote, wenn es sich in der Nacht der Lucia in ihrem Besitz befindet, der Schlüssel zum Reich der Lebenden."

„Sie können dann zurückkehren, wenn sie mit diesem Amulett in der Nacht zum dreizehnten Dezember in die Gewölbegruft mit den Steinsarkophagen, in der alten Abtei, hinabsteigen…".

„Und wer hat dieses Amulett jetzt, Bernd?"

„Ich bin mir ziemlich sicher, dass es Jacky an sich genommen hat, Sven."

„Es wäre durchaus möglich, dass Frank, betrachtet man seinen momentanen Gesamtzustand, es gar nicht mehr die nächsten Tage bis Lucia „schafft"", meinte Paul zu uns.

Wir schwiegen einen Moment.

Es war schon Spätnachmittag, kurz vor Sonnenuntergang.

Wir legten Geld für die Getränke auf den Tisch und gingen zu einem kleinen Restaurant. Es lag etwas versteckt in einer Seitenstrasse, unweit des Hafens. Auf der Tageskarte konnten wir zwischen frischem Fisch und Wildschweinbraten wählen. Wir entschieden uns alle für den bereits köstlich aus der Küche duftenden Wildschweinbraten mit verschiedenen Beilagen. Das Restaurant hatte einen Wintergarten mit Schiebetüren zum Innenhof, in dem wir rauchen durften. Wir bestellten uns gemeinsam einen Liter offenen Rotwein und noch eine große gemischte Vorspeise für drei Personen. Nachdem wir uns dann noch einige Stunden den Köstlichkeiten der Menüfolge und mehreren Litern Wein gewidmet hatten, entschlossen wir uns, noch zu Rodney zu gehen, sollte er geöffnet haben. Wir hatten bereits bezahlt und wollten gerade aufstehen, als die Wirtin uns noch zu einem selbst hergestellten Zitronenlikör einlud. Wir gönnten uns ein Gläschen.

Danach gingen wir bergauf in den oberen Ort zu Rodneys Kneipe. Sie hatte geöffnet und eine uns unbekannte junge Frau stand hinter der Theke und bediente. Rodney hörten wir durch die offene Hoftür auf der Terrasse. Er war in ein Gespräch mit mehreren Frauen unterschiedlichen Alters verwickelt. Auf dem runden Tischchen stand eine halb heruntergebrannte Kerze in einer vollkommen mit Kerzenwachs überzogenen Weinflasche. Rodney trug einen Kaftan, eine Strickmütze und Sandalen. Um den Hals hingen ihm eine Vielzahl von Ketten und Amuletten.

„Hi, Rodney! How are you? What´s the fuck with magic…", rief Bernd auf die Terrasse.

Rodney begrüßte uns eher kühl und wandte sich schnell wieder seinen esoterischen Gesprächen mit den unterschiedlichen Frauen an seinem Tisch zu.

Wir gingen zurück in seine Kneipe und setzten uns etwas abseits. Von dort konnten wir das gesamte Lokal sehr gut überblicken, ohne uns selbst unmittelbar im Blickfeld Anderer zu befinden. Wir bestellten uns eine Flasche Rotwein und beobachteten seine unterschiedlichen Gäste.

Uns fielen einige schwarz gekleidete Damen auf, die wir vorher noch nie gesehen hatten.

Sie sprachen Englisch miteinander, einige von ihnen mit deutlichem Akzent.

Bernd sprang auf, ging zu ihrem Tisch und wackelte beim Gehen betont mit seinen Hüften.

„Hi, pretty girls! My name is Bernd. Is there anything, that Bernd can do for you…?"

Die Damen waren nicht sehr gesprächig und gaben Bernd keine Antwort.

Eine von Ihnen blickte mir jetzt direkt in die Augen und machte dabei mit ihren Händen seltsame Gesten.

Sie hatte diesen schattigen, winterlichen, eisblauen Blick direkt auf meine Augen gerichtet.

Sie war für mich ohne jeden Zweifel die diesjährige Schattendämonin.

Wo hielt Sie ihren männlichen Säugling versteckt?

Mich gruselte bei ihrem Anblick…

28

„Sie waren also bereits angekommen."

Es waren nur noch wenige Tage bis zum dreizehnten Dezember.

„Wussten Sie von der Bannung ihrer obersten Hexe und konnten sie das dämonische Ritual auch ohne die Gräfin vollziehen?"

„Wollten sie es vielleicht auch ohne die Gräfin vollziehen um Johanna als ihre neue untote oberste Herrscherin wiederzuerwecken?"

Paul schien ebenfalls etwas zu ahnen.

Er hatte die Flasche Rotwein direkt bei der Kellnerin bezahlt und drängte Bernd auszutrinken, damit wir gehen konnten.

Bernd schaute mich entgeistert an und fragte, ob ich ebenfalls schon in Aufbruchstimmung sei, erkannte aber an meinem Blick, dass es einen wichtigen Grund gab, diesen Ort schnellstmöglich zu verlassen.

„Was wusste Rodney zu diesem Zeitpunkt?"

Wir verließen seine Kneipe, ohne uns von ihm zu verabschieden.

Wir gingen zurück zu Anita und Vincente.

Unser vorheriger Tisch war noch frei und wir unterhielten uns, bei einem doppelten Espresso und je einem großen Glas Grappa, über unsere bei Rodney soeben gemachten Beobachtungen.

Wir kamen letztendlich nur zu einem grausamen Ergebnis: Wir mussten den „lebenden" Säugling der diesjährigen Schattendämonin finden, entführen und lebend vor dem dreizehnten Dezember in die Höhle zur Basilika, in ihrem Inneren zu den Doppelfresken, bringen…sollte uns nicht doch noch rechtzeitig eine Rettungsmöglichkeit einfallen.

„Der untote Säugling verpufft sonst beim Anblick der beiden gleichen Fresken neben der Apsis, wie ein riesiger Kartoffelbovist, auf den der spätherbstliche Wanderer auf seinem Weg durch den Buchenwald unachtsam gestiegen war", meinte Bernd zu uns und obwohl er sich sichtlich bemühte ernst zu blicken, konnten wir doch beide ein leichtes böses Lächeln bei ihm entdecken.

Zwar gab es sicher auch im Rahmen der „dämonischen Doppelzeugung" einen gleichzeitig geborenen weiblichen Säugling einer nicht untoten Hexe.

Sie war aber in diesem Jahr „nur" Mitglied des dämonischen Lucia-Rituals, nicht jedoch oberste oder ähnlich hohe Hexe.

Die Existenz ihrer Tochter konnte allenfalls sie selbst „reproduzieren", nicht jedoch das gesamte System der „singenden Kinder" beherrschen.

Ihr Kind spielte in unseren Überlegungen zum diesjährigen Ritual daher nur eine, wenn auch sehr traurige, Nebenrolle.

Wir legten Geld auf den Tisch und gingen bald zum Landrover, um uns schlafen zu legen.

Der inzwischen volltrunkene Vincente wollte uns zwar noch begleiten, wechselte dann aber schnell die Richtung zu Luigis „Disco-Pub", aus dem dröhnende Rockmusik den gesamten Hafen beschallte.

Ich setzte mich auf eine Bank, rauchte eine Zigarette.

Paul und Bernd richteten unterdessen ihr Nachtlager im Jeep her.

Es war dunkel und die Fischkutter wurden zum Auslaufen vorbereitet.

Es roch salzig.

Eine milde Brise kam vom Meer.

Wir schliefen in dieser Nacht alle sehr unruhig.

Aus dem „Disco-Pub" dröhnte es noch bis in die Morgendämmerung und Irgendjemand oder Irgendetwas schlich, vermeintlich, eigentlich immer, die ganze Nacht hindurch, um das Auto.

Wir wachten am nächsten Morgen schon sehr früh, vor sieben Uhr, auf.

Paul und Bernd wollten auf die morgendliche Erfrischung im Meer verzichten und lieber irgendwo im Gebirge frühstücken.

Wir vereinbarten einen Treffpunkt und starteten unsere Fahrzeuge.

Ein Leuchtband kündigte den Sonnenaufgang an.

Das Meer schimmerte dunstig.

Es berichtete dem einsamen Betrachter bereits vom herannahenden kommenden Jahr. Adventszeit am Meer…Jahresende im Süden…

Ich verließ die Küstenstraße.

Auf einer schmalen Gebirgsstrecke donnerte ich mit meiner Enduro immer weiter durch das teils schon alpine Innland.

Ich hatte mich einige Male verfahren und erreichte am späten Vormittag unseren vereinbarten Treffpunkt.

Es war ein Bauer, der auch an Urlauber vermietete und eigene Produkte verkaufte.

Die ausgezeichnete Küche genoss weiten regionalen Ruf.

Hier wohnte Paul und arbeitete auch gelegentlich in der Landwirtschaft mit.

Von hier aus war es nicht mehr weit bis zu jenem Dorf, wo ich Paul und später auch die Anderen vor der Bar zum ersten Mal getroffen hatte.

In dieser Region herrschte eher mildes Klima, in dem Oliven-, Bergamotte-, Zitronen-, Orangenbäume und sowohl Weiß- als auch Rotwein hervorragend gediehen.

Sie hatten den Landrover unter einem großen Olivenbaum neben der Terrasse geparkt und den Anhänger abgehängt und in eine Scheune geschoben.

Ich stellte mein Motorrad daneben ab.

Paul hatte für mich ein Zimmer gebucht und saß mit Bernd und einigen anderen Gästen auf der großen Terrasse.

Eine Tochter begrüßte mich und zeigte mir mein Zimmer.

Ich setzte mich, nachdem ich geduscht und mich umgezogen hatte zu den Anderen und kaum hatte ich Platz genommen, schon brachte mir die freundliche Tochter einen doppelten Espresso und einen Teller mit Schafskäse, Oliven, verschiedenen Wurstsorten, dazu selbst gebackenes Brot.

Nach dieser kräftigenden Vorspeise, es war inzwischen Mittag geworden, wendete ich mich, wie Bernd und Paul, die schon deutlich vor mir hier eingetroffen waren und nach ihrem vor Stunden eingenommenem Frühstück jetzt bei hauseigenem Weißwein einem reichhaltigen Mittagsmenü entgegensahen, ebenfalls dem Wein zu.

Es gab Lammbraten, jeweils verschieden zubereitet in mehreren Gängen, vorher mehrere Vorspeisen und zum Lammbraten verschiedene Gemüse als Beilagen und selbst gebackenes Brot.

Wir waren lange mit diesem Menü beschäftigt und inzwischen auf einen ebenfalls hauseigenen Rotwein aus dem Holzfass umgestiegen.

Die in leichten Dunst gehüllten umliegenden Berge, die ganze umliegende südliche Landschaft, wurde von der strahlenden Nachmittagssonne verzaubert.

Die großen Olivenbäume neben unserer Terrasse warfen lange Schatten.

Es duftete nach nur langsam erwärmtem Boden und verschiedenen reifen Früchten, nach Olivenholz...

Wir hatten einen guten Platz betreten...er konnte uns während der nächsten Zeit den erforderlichen Halt geben.

Die nächsten Tage verliefen unspektakulär.

Wir lebten, besser „machten Urlaub" auf dem Bauernhof, während der dreizehnte Dezember immer näher rückte.

Es blieb sonnig und am elften Dezember, gegen Mittag, hörten wir, wie sich ein Motorrad dem Bauernhof näherte.

Ich hatte diesen typischen Klang des Motors schon von weitem erkannt.

Es war eine Motoguzzi...es war Jacky.

Sie wirkte sehr erschöpft und ein wenig ängstlich.

Sie parkte das Motorrad direkt neben der Terrasse, auf der wir mit dem Bauern und einem Freund des Bauern entspannt beim Rotwein saßen, rauchten.

Jacky kam auf mich zu, nahm meine Hand und zog mich von der Terrasse weg in den Olivenhain.

„Frank hat den untoten Säugling bei der „Schattendämonin" gefunden und nachts entführt, während alle in Rodneys Kneipe waren."

„Er hat sich mit dem Säugling vermutlich mit letzter Kraft in die Höhle zur Basilika geschleppt."

„Er konnte vor einigen Tagen Bernds Jeep starten und aus dem Keller eines unbewohnten Hauses, nur wenige hundert Meter von der Basilika entfernt, den untoten Säugling unbemerkt entführen."

„Es war ein angsterregender riesiger Säugling mit aschfahler Haut und einem dämonischen Blick."

„Wir trafen uns nur kurz vorm Haus, bevor Frank mit dem Jeep Richtung Höhle im Gelände verschwand."

„Mit einem Jeep kann man, wenn man sich auskennt, fast bis unmittelbar vor den Höhleneingang durch das unwegige Gelände hochfahren."

„Der Säugling lag in eine Decke eingehüllt auf dem Rücksitz und knurrte wie ein Raubtier, das uns jeden Augenblick, unvermittelt, anspringen könnte, während unter uns der Boden vibrierte und unheimliche Schatten immer wieder vorbeihuschten, näher zu kommen schienen."

„Frank war dem vollständigen Zerfall schon sehr nahe."

„Er hatte Geschwüre am ganzen Körper, aus denen sich seit Tagen eine dunkle, übelriechende Flüssigkeit entleerte."

„Er konnte nichts mehr essen, nur noch trinken."

„Er verabschiedete sich nicht von mir, aber ich wusste, dass er seinem Zustand in der Basilika ein Ende setzen und den untoten Säugling mit sich zurück in das dämonische Schattenreich nehmen wollte."

Jacky hatte ebenfalls eine graue Gesichtsfarbe und kleine dunkle Flecken auf ihrer Haut...

Wir informierten Bernd und Paul und fuhren mit dem Landrover sofort Richtung Höhle.

Ich gab Jacky meinen Revolver und Munition und bat sie, sich bei unserem Bauern aufzuhalten, bis wir wieder zurückgekehrt waren.

Die freundliche Tochter kümmerte sich um Jacky.

Obwohl uns an jedem der vergangenen Tage strahlend sonniges Wetter verwöhnt hatte, verschlechterte sich die Wetterlage dramatisch, je näher wir Jackys und Franks Wohnort und der Höhle kamen.

Inzwischen hatte, im Gelände auf dem Weg zur Höhle, urplötzlich ein heftiger Schneesturm eingesetzt und die Außentemperatur war kurzfristig um über fünfzehn Grad Celsius gesunken.

Innerhalb kürzester Zeit lagen mehrere Zentimeter hoch Neuschnee und der weitere Weg konnte von uns nur noch sehr vage erahnt werden. Zeitweise setzten wir sogar die Seilwinde ein, um am Berg nicht plötzlich abzurutschen.

Als wir den Eingang der Höhle endlich erreicht hatten, lehnte der verfaulende Frank mit dem verfaulten „Rest" des untoten Säuglings auf seinem Arm an Bernds Jeep.

Unterhalb Franks dehnte sich eine übelriechende dunkle Brühe immer mehr im Neuschnee aus.

Er „lebte" nur noch wenige Minuten und grunzte mit letzter Kraft, der Säugling sei beim Anblick der Doppelfresken auf seinem Arm gleichzeitig verfault und „zerplatzt"…und mit einem undefinierbaren höllischen Knurren versanken dann der verfaulte Frank und die fauligen Resten des Säuglings in der bräunlichen Lache, bis sie vollständig verschwunden waren…

Wir ließen Bernds Jeep stehen und verließen mit dem Landrover, so schnell wir konnten, frierend und immer wieder am ganzen Körper zitternd, diesen höllischen Ort.

Wir erreichten den Bauernhof erst im Dunkeln.

Das Unwetter hatte schon bald hinter dem Dorf unterhalb der Höhle aufgehört und die Luft war wieder spürbar milder.

Wir genossen während der Fahrt die späten Sonnenstrahlen kurz vor dem Sonnenuntergang, hatten die Fenster heruntergekurbelt.

Jackys Zustand hatte sich während unserer Abwesenheit dramatisch verschlechtert.

Sie hatte jetzt, ähnlich wie Frank am ganzen Körper Geschwüre und hörte scheinbar dämonische Stimmen, mit denen sie sich fast ununterbrochen, auch in den verschiedensten Sprachen, unterhielt.

Auch dem Bauer und seiner Familie war es unheimlich.

Sie berichteten von flüsternden unverständlichen Stimmen, die sie aus ihren Hauswänden immer wieder hörten.

Auch Schatten sahen sie häufig vorbeihuschen.

In Jackys Zimmer sahen wir zeitweise ganz deutlich die dämonische Gräfin an der getünchten Wand leuchten und hörten sie unverständlich flüstern.

Ich sah in Jackys Lederjacke nach und fand in einer Innentasche das dritte Amulett.

Ich hängte es ihr um den Hals.

Danach schlief sie für längere Zeit ein, während der Spuk im Haus immer mehr zuzunehmen schien.

Wir hielten abwechselnd Wache an Jackys Bett und ließen sie keine Sekunde mehr aus den Augen.

Den Revolver und die Munition hatte ich wieder an mich genommen.

Weder die Familie des Bauern, noch wir, außer Jacky, hatten in dieser Nacht auch nur eine Sekunde geschlafen.

Das Amulett hatte bei Jacky bereits seine erste Wirkung gezeigt.

Ihre Geschwüre waren am ganzen Körper wieder verschwunden.

Auch Stimmen hörte sie keine mehr.

Sie war jedoch so erschöpft, dass sie nicht alleine aufstehen konnte.

Wir brachten ihr ein leichtes Frühstück ans Bett.

Im Verlauf des Tages sank die Außentemperatur immer mehr und ein Orkan wütete nach Sonnenuntergang vorm Haus.

Zuerst regnete es noch wolkenbruchartig, dann fiel immer mehr Schnee.

Der Bauer und seine Familie ahnten inzwischen, ohne dass wir sie in Kenntnis gesetzt hatten, dass hier nur höllische Mächte am Werk sein konnten.

Wir sahen ihn jetzt nur noch mit einer geladenen Schrotflinte auf dem Rücken herumlaufen.

Die anderen Familienmitglieder hatten sich offensichtlich versteckt.

Gegen einundzwanzig Uhr trugen wir die erschöpfte Jacky durch den Schnee zum Jeep.

Von überall hörten wir unheimliche Geräusche aus der Dunkelheit.

Wir zogen ihr ein Klettergeschirr an, mit dem wir sie durch ein Seitenfenster in das gruftige Kellergewölbe der Abtei sicher abseilen und schnell sicher wieder hochziehen konnten.

Das Amulett hatte sie in ihrer Jackentasche.

Die Hexen würden sicherlich auch ohne Ritualmord des untoten Säuglings versuchen, das Lucia-Beschwörungsritual, durchzuführen.

Jacky musste dann schnell das dritte Amulett am Kopfende in den offenen Steinsarkophag werfen, dort, wo die untote Hexe, die „Schattendämonin", stand und danach sofort aus der Gruft verschwinden, bevor die „singenden Kinder" sie überwältigen und anstelle des untoten Säuglings opfern konnten…

Wir erkannten im heftigen Unwetter kaum die Straße und sahen, je näher wir der Abtei kamen, immer mehr unheimliche Gestalten mit schwarzen Kapuzengewändern in der Dunkelheit an uns vorbeihuschen.

Wir erreichten die Abtei kurz nach Mitternacht.

Jacky hatte während der Fahrt immer wieder das Bewusstsein verloren.

Sie war jetzt ansprechbar.

Wir fuhren mit dem Jeep direkt neben das Hauptportal.

Ich erinnerte mich an meinen Traum und Jacky beschrieb uns genau, wohin wir sie tragen sollten.

Da war er, der enge Lichtschacht zur Gruft.

Von unten zog uns ein scheußlicher Verwesungsgeruch entgegen und wir hörten flüsternde Stimmen, sahen Kerzenlicht flackern.

Wir umarmten Jacky und ließen sie danach am Seil hinab in die höllische Gruft.

Jetzt hörten wir Kreischen und gefährliches Knurren aus der Gruft...und danach einen unglaublich lauten Knall, so als wäre ein großer Gastank explodiert.

Ein äußerst giftiger Geruch zog nun aus dem Lüftungsschacht...die Kerzen waren erloschen und es herrschte Totenstille.

Plötzlich war das Unwetter verschwunden und der Himmel über uns war nun sternenklar.

Wir rochen den Duft der alten Pinien, die um die Abtei standen.

Der Mond schien genau in den engen Lichtschacht zur Gruft…und jetzt sahen wir Jackys lächelndes Gesicht.

Sie sah mich an und sagte „Hallo Sven, Ich bin´s, Jaqueline…Ihr könnt mich jetzt wieder raufziehen…".

Sie war jetzt wieder bei Kräften und wir gingen gemeinsam zum Landrover, fuhren schweigsam zurück zum Bauernhof, wo wir überschwänglich von Allen begrüßt wurden.

Wir riefen die Carabinieri an und teilten ihnen mit, wir hätten den Verdacht, im Kellergewölbe der alten Abtei würde gerade eine schwarze Messe gefeiert und warnten sie vor der Gefährlichkeit der Sektenmitglieder.

Die Carabinieri waren dann umgehend mit einem Großaufgebot zur Abtei gefahren, hatten diese stundenlang umstellt, während eine Sondereinheit in die Gruft vordrang.

Auf der Titelseite der Zeitung wurde umfangreich über den nächtlichen Einsatz berichtet.

Die Carabinieri fanden in der Gruft sieben große verschlossene Steinsarkophage, von denen einer vollständig leer war, während die anderen jeweils, wie sich später gerichtsmedizinisch herausstellte, die Gebeine einer erwachsenen Frau enthielten.

Sektenmitglieder oder irgendein Hinweis auf sie wurden nicht gefunden...

Wir feierten mit der Bauernfamilie bis die südliche Sonne aufging und fuhren dann, nach einem reichhaltigen Frühstück, alle gemeinsam zum Ernten.

29

Jaqueline und ich lebten die nächsten Monate hier auf dem Bauernhof.

Ihre Schwangerschaft verlief ohne nennenswerte Zwischenfälle und nach vielen Monaten kündigten die Ultraschallbilder aus der frauenärztlichen Praxis bereits die Geburt eines gesunden Jungen an.

Wir waren verliebt und genossen den Süden.

Der kurze milde Winter ging bald in ein blütenreiches Frühjahr über. Düfte und Lichtspiele…explodierende Landschaften…südliche Wärme…

Von den „singenden Kindern" hatten wir nie wieder etwas gehört.

Paul war für einige Monate nach Deutschland gegangen und kehrte erst im Sommer wieder hierher zurück.

Bernd besuchte uns häufiger, Luigi und Rodney eher seltener.

Rodney meinte irgendwann einmal, dass die dämonische Gräfin spurlos verschwunden war und die Polizei die Suche nach ihr inzwischen eingestellt hatte…

30

Sie strahlte in der spätherbstlichen Nachmittagssonne, trug rote Schuhe und ein weißes Kleid mit roten Punkten.

Ihre langen blonden Haare schimmerten im Licht.

Sie fuhr ihn nur sehr selten mit einem Kinderwagen über den Platz vor der Kirche…dem Platz vor der Bar…fast immer trug sie Ihn.

Sie wohnten jetzt in dem alten Haus, in der Nähe der Kirche.

Es war das Haus mit dem großen Bruchstein…der vor der Renovierung des Hauses aus der Mauer so weit herausstand, dass er den erstarrten Rosenstrauch fast schon berührte…

Es war ein stattliches schönes altes Haus mit Bruchsteinwänden…dahinter mit einem riesigen verwilderten Garten am Hang.

Nach einigen Stufen öffnete sich die geschnitzte schwere Eingangstür und gab den Blick frei auf eine von großen Holzbalken getragene hohe Decke und einen alten Boden aus rötlichen, blanken, unebenen Marmorplatten.

Die Bruchsteinwände waren nicht verputzt.

Das Haus war ein kleiner spätmittelalterlicher Palazzo mit einem Wappen über der Eingangstür.

Ich hatte es gekauft und detailgetreu renoviert und mit modernen technischen Elementen behutsam ergänzt.

Jacky hatte mich nach der Geburt unseres Sohnes nicht mehr erkannt.

Sonst ging es beiden aber gut.

Das Kind musste mit einem Kaiserschnitt im Krankenhaus entbunden werden.

Alle glaubten danach, ihr Gedächtnisverlust könnte etwas mit der Vollnarkose zu tun gehabt haben…

Rodney, Luigi und ich glaubten aber eher, dass dies der Preis war, den Jaqueline und ich fortan zu zahlen hatten.

Jacky meinte, sie sei Schriftstellerin und arbeitete für einen Verlag in Potenza.

Sie war überzeugt, ihr Kind sei bei einer dieser Künstlerpartys gezeugt worden, auf der sie mit einem Vollrausch eingeschlafen war und am nächsten Tag einen vollständigen Filmriss hatte…

Sie hatte ihn auf den Namen Frank taufen lassen.

Wir sahen uns nur selten.

Mich hielt sie für einen reichen Erbonkel aus Duisburg, der Sie und ihren Sohn kostenlos in seinem süditalienischen Haus wohnen ließ und ihnen regelmäßig Geld überwies, einen ausgeflippten alten Biker, den es gelegentlich hierher ins Gebirge verschlug…

Am Ende des Gartens stand eine ehemalige alte Olivenmühle, die mit zum Grundstück gehörte.

Sie hatte eine eigene Zufahrt und war über einen kleinen Sandweg zu erreichen.

Dieses Gebäude hatte ich zu meinem Refugium, als Wohnung, ausgebaut.

Dort lebte ich, wenn ich hier war.

Julietta arbeitete wieder als Ärztin und war oft den ganzen Tag irgendwo im Gebirge unterwegs.

Sie hatte mit ihrem Mann eine Praxis im Ort eröffnet, direkt im nächsten Haus, neben der Bar.

Manchmal saß ich mit Paul, Bernd und hin und wieder mit Luigi, oder Juliettas Vater und ganz selten auch mit Rodney vor der Bar, wenn wir hier im Ort waren, diskutierte mit ihnen, trank Rotwein oder doppelten Espresso und blickte oft auf den Rosenstrauch.

Daneben lag der große Bruchstein in der Sonne und berührte den blühenden Strauch neben dem Eingang.

Er war bei den Renovierungsarbeiten plötzlich aus der Wand gefallen und gleichzeitig begann auch der alte Strauch wieder zu blühen.

Wir ließen ihn am Fuße des Strauches liegen…

Die sonnige Bruchsteinwand war jetzt immer ganz warm…

Impressum

Bibliografische Information der Deutschen
Nationalbibliothek: Die Deutsche
Nationalbibliothek verzeichnet diese
Publikation in der Deutschen
Nationalbibliografie; detaillierte
bibliografische Daten sind im Internet über
dnb.dnb.de abrufbar.

© 2021 Lothar Schenk
Herstellung und Verlag: BoD – Books on
Demand, Norderstedt
ISBN: 978-3-7526-8321-9